KB196313

가든 파티

가든 파티

캐서린 맨스필드 ㅣ 이덕형 옮김

문예출판사

THE GARDEN-PARTY
&
OTHER STORIES

Katherine Mansfield

차 례

피서지에서

1

꼭두새벽. 아직 동트기 전이었다. 그래서 크레센트 만(灣)은 온통 하얀 물안개 속에 몸을 감추었다. 그 뒤편에는 나무 숲이 울창한 산이 겹겹이 늘어섰는데, 그것에도 물안개로 질식하듯 휘감겼다. ㄱ 산줄기가 어디서 끝나고 목장과 방갈로들이 어디서부터 시작되는지 육안으로 식별하기란 불가능했다. 모래 위에 난 길은 보이지 않았고 맞은편에 자리 잡은 목초지와 방갈로도 보이지 않았다. 다시 그 맞은편에 있는 불그스름한 풀로 덮인 하얀 모래언덕도 온 데 간 데 없었다. 어디가 모래밭이고 어디가 바다인지, 그것을 구분해 주는 표식도 없었다. 이슬이 질펀하게 내렸다. 풀잎은 파랬다. 큼직한 이슬 방울이 잡목 위에 매달린 채 떨어지지 않았다. 솜털 같은 은빛 난초는 긴 줄기 위에서 하늘거렸고 방갈로의 정원에 핀 금작화와 석죽(石竹)은 물기를 너무나 머금은 나머지 고개를 땅으로 숙였다. 차가운 열대산 관상식물도 흠뻑 젖었고 동그란 진주알을 닮은 이슬 방울이 넓적한 한련꽃 잎사귀 위에 놓여 있었다. 마치 어둠을 틈타서 바다가 살며시 밀고 올라온 것 같았다. 거대한 파도가 잘게 깨어지며 뭍으로 올라온 것 같았다. 어디까지 밀고 갔던 것일까? 어쩌면 한밤중에 눈을 떴더리면 거대한 물고기가 창문에서 파닥이다 다시 사라지는 것이 보였을지도 모르지…….

아! 아아! 졸린 바다의 음성이 있었다. 그러자 숲 쪽에서부터 작은 시냇물이 흘러오는 소리, 매끄러운 돌 사이에서 경쾌하고 쏜살같이 미끄러져 나오는가 했더니 양치식물이 우거진 바위 웅덩이 속으로 힘차게 쏟아졌다가 다시 빠져나오는 소리, 큼직한 나뭇잎에 떨어지는 굵은 물방울이 내는 소리가 있었고 그밖에도 다른 어떤 소리가 있었다. 그게 무슨 소리일까? 어린 가지 하나가 힘없이 휘어지며 흔들리다 딱 하고 부러지는 소리였을 것이다. 다음 순간 누군가가 귀 기울여 듣는 것도 같은 정적이 흘렀다.

크레센트 만 모퉁이, 그러니까 부서진 바위들이 수북이 쌓인 사이로 양 떼가 요란한 발굽 소리를 내며 다가왔다. 그들이 서로 어우러지며 움직이는 모습은 흡사 작고 초싹대는 양털의 덩어리였다. 가늘고 막대기 같은 다리가 마치 추위와 고요함에 겁을 먹기라도 한 것처럼 방정맞게 움직였다. 양 떼 뒤로는 젖은 발에 온통 모래가 범벅이 된 양몰이 늙은 개가 땅 위에 코가 끌리듯 머리를 숙인 채 달렸지만 생각은 다른 곳에 있는 모양이어서 양 떼를 모는 일에는 별로 신경을 쓰지 않았다. 다음으로 바위 사이의 통로를 통해서 목동의 모습이 나타났다. 여위고 자세가 바른 노인이었는데, 거친 모직 천으로 짠 저고리를 입었고 그 저고리 위에는 물방울 무늬가 그물눈을 이루었다. 공단으로 된 바지는 무릎 밑으로는 가랑이가 좁아졌고 중절모 챙은 넓었는데 가장자리에는 하늘색 손수건을 동여두었다. 그의 한쪽 손은 허리띠 속에 박혀 있었고 또 한쪽 손은 반들반들하게 길이 든 아름다운 노란 지팡이를 쥐고 있었다.

천천히 걸으면서 그는 작은 소리로 경쾌한 휘파람을 계속 불었는데, 구성지고 부드러운 가락은 멀리서 가볍게 들려오는 피리 소리와 흡사했다. 늙은 개는 한두 번 힘없이 깡충깡충 뛰더니 금세 그만두고 자신의 경망함을 부끄럽게 생각했음인지 주인 곁에 와서는 의젓한 발걸음을 몇 발자국 떼어놓았다. 양들은 딸가닥거리는 소리를 내며 급히 앞으로 가면서 이제 울기 시작했다. 그러자 바닥 밑에서 유령 같은 양 떼가 "메메!" 하고 응답했다. 한동안 양 떼는 같은 장소에 그냥 서 있는 것 같았다. 그 앞에는 얕은 물웅덩이가 팬 모랫길이 펼쳐졌다. 양쪽에는 물기를 뚝뚝 떨어뜨리는 똑같은 숲과 그늘진 철책 울타리가 있었다. 다음 순간 거대한 무엇이 시야에 들어왔다. 양팔을 벌리고 머리가 덥수룩한 거창한 거인의 형태였다. 그것은 스탑스 부인이 운영하는 상점 밖에 선 우람한 고무나무였다. 그들이 그곳을 지나칠 때 유칼립터스 기름 냄새가 강하게 풍겼다. 이제 광선의 거대한 반점들이 안개 속에서 번쩍였다. 목동은 휘파람을 멈췄다.

그는 붉은 코와 젖은 턱수염을 젖은 소맷자락으로 비비고 나서 눈을 들어 바다를 바라보았다. 해가 솟아오르고 있었다. 안개가 엷어지며 달아나며 낮은 평지에서 사라지는 한편 숲에서부터 말려 올라가, 마치 황급히 도주하듯 자취를 감추는 그 신속성은 가히 놀라움을 자아냈다. 은빛 광선이 확대됨에 따라 몸을 큰 동작으로 틀기도 하고 파도 모양으로 엉키기도 하는 안개 덩어리는 서로 밀치며 어깨를 부딪쳤다. 멀리 트인 하늘, 밝은 쪽빛 하늘이 물웅덩이 속에 투영되었고 전선을 따라 수영하는 물방울들은 섬광을 발하며 빛의 결정체로 변모했다. 이제 도약하며 번쩍이는 바다는 어찌나 밝은

빛을 발하는지 그것을 바라보노라면 눈이 아팠다. 목동은 안주머니에서 도토리처럼 앙증맞게 작은 대통이 달린 담배 파이프를 꺼내더니 알록달록한 무늬가 든 담뱃가루를 주섬주섬 꺼내어 다시 너풀거리는 몇 가닥을 제거하고 나서 대통 속에 눌러 담았다. 그는 표정이 심각한 잘생긴 노인이었다. 그가 담배에 불을 붙이고 파란 연기로 그의 머리 주변에서 화환을 형성할 때 바라보던 개가 움직이는 모양은 주인을 대견스럽게 여기는 듯 보였다.

"메! 메!" 양 떼는 부채꼴로 대형을 넓혔다. 양 떼는 여름별장 앞을 막 지나쳤는데, 아직 초저녁에 잠자리에 든 사람이 뒤척이다 졸린 머리를 들며 깨어나기 이전의 시각이었다. 양 떼의 울음소리는 아이들의 꿈속에서 형상화되었다……. 그러자 아이들은 귀엽고 포근한 어린 양과도 같은 잠을 끌어내려 좀 더 끌어안기 위해서 양팔을 올렸다. 그때 최초의 거주자의 모습이 나타났다. 그것은 버넬 가문의 고양이 플로리였다. 그놈은 여느 때처럼 이렇게 꼭두새벽에 일어나 문가에 앉아서 우유 짜는 소녀를 기다리는 것이었다. 고양이는 늙은 개를 보자 날쌔게 튀어 일어나 등을 둥글게 굽히고 호랑이 무늬가 든 머리를 움츠리며 좀 괴팍한 몸서리를 쳤다.

"어머! 어떻게 저렇게 추하고 구역질나는 짐승이 세상에 있을까!"

플로리가 말했다. 그러나 늙은 개는 쳐다보지도 않고 꼬리를 흔들고 다리를 갈 지 자 모양으로 내디디며 지나쳤다. 다만 한쪽 귀를 쫑긋하여 나도 너를 보았다는 것을 표시할 뿐, 너 따위는 어리석은 계집애에 지나지 않는다고 생각했다.

아침의 미풍이 숲속에 일기 시작하자 나뭇잎 냄새와 흙 냄새가 짜릿한 바다 내음과 뒤섞였다. 수많은 새들이 지저귀었다. 방울새 한 마리가 목동의 머리 위를 날더니 어린 가지의 끝에 앉아 태양을 향하여 가슴에 난 잔털을 부풀렸다. 이제 양 떼는 어부의 오막살이를 지나고 다시 우유 짜는 소녀 릴라가 늙은 할머니와 같이 사는 오두막, 연기에 그을린 것 같은 오두막 옆을 통과했다. 양 떼는 누르스름한 습지를 건너는 중이어서 양몰이 개 왜그는 양 떼의 후미에서 양 떼를 몰아 좀 더 가파르고 좁은 길로 방향을 인도했다. 그 바위가 깔린 길은 크레센트 만을 벗어나 데이라이트 코브로 통했다. "메! 메!" 양 떼는 순식간에 물기가 말라 뽀송뽀송해지는 길을 따라 춤추듯 진행하면서 울음소리를 냈지만 그 소리는 점점 약해졌다. 양치기 영감은 파이프를 털고 그것을 안주머니에 꽂았다. 대통이 위로 삐죽하게 튀어나온 상태였다. 다음 순간 부드러운 휘파람이 경쾌한 가락으로 시작되었다. 왜그는 무슨 냄새를 쫓아 바위 턱을 따라 달려갔다가 다시 실망한 듯 돌아왔다. 다음 순간 양 떼는 밀치며 서로 먼저 고개를 앞으로 박으며 서둘러 굽은 길을 돌았다. 그리하여 양치기도 양 떼를 따라 시야에서 사라졌다.

2

잠시 후 방갈로 한 채의 뒷문이 열렸다. 그러자 굵은 줄무늬 수영복을 입은 사람의 모습이 목장의 울타리를 뛰어내려와 흙담을 지나 피나무과의 목초를 헤치며 움푹 팬 분지로 내려갔다가 다시 모래로 덮인 언덕을 비틀거리며 달려올라 다공질의 돌밭을 죽어라고 달려, 다시 차갑게 젖은 자갈밭을 넘어 기름처럼 빛나는 모래밭에 이르렀다. 풍덩풍덩! 풍덩풍덩! 스탠리 버넬이라는 이 사나이가 신이 나서 물속으로 걸어 들어가자 그의 다리 언저리의 수면에서 물거품이 일었다. 늘 그랬듯 그는 물에 들어온 첫 번째 손님이었다! 다시 모든 인간을 물리친 것이다. 그리하여 그는 머리와 목을 적시기 위해 물속으로 잠수했다.

"형씨, 항상 건장하신 형씨, 어서 들어오십시오!"

매끄러운 저음의 목소리가 물위로 울려왔다.

이게 웬일이야! 재수 없군! 스탠리가 얼굴을 들었을 때 검은 머리가 저편 물속에서 떠오르며 한 팔을 올리는 것이 보였다. 조너선 트라우트였다. 나보다 먼저 물에 들어오다니!

"기가 막히게 멋있는 아침 아닙니까?"

그 목소리가 말했다.

"멋있는 아침이군."

스탠리는 간단히 대답했다. 도대체 저놈은 왜 저희 집 앞바다를 두고 여기 와서 수영하는 것일까? 왜 하필 이 장소로 침입해 들어오는 것일까? 스탠리는 땅을 차고 돌진하며 팔매헤엄을 치기 시작했다. 그러나 조너선도 그에게 지지 않았다. 그는 다가왔다. 그의 검은 머리는 이마 위로 늘어지며 빛을 냈고 짧은 턱수염에도 윤기가 흘렀다.

"어젯밤에는 이상한 꿈을 꾸었는데……."

조너선이 외쳤다.

도대체 이 사람은 어쩌자는 것일까? 대화에 중독된 이 자는 표현할 수 없을 정도로 스탠리의 기분을 잡쳐놓았다. 항상 같은 말을 하겠지……. 자신이 꾼 꿈에 대한 바보 같은 이야기에 불과하겠지……. 아니면 언뜻 포착한 괴기한 착상 아니면 자신이 읽는 형편 없는 책자에 대한 이야기나 하겠지……. 스탠리는 배영 자세를 취하고 마치 살아 있는 물 홈통처럼 양다리로 물을 찼다. 그러나 그런 상황에서도…… "꿈에 말입니다. 내가 까마득한 절벽에 매달려 아래 있는 어떤 사람에게 고함쳤습니다" 하고 조녀선이 말하는 게 아닌가. 너다운 꿈이로구나 하고 스탠리는 생각했다. 그는 견딜 수 없었다. 그는 물탕치는 동작을 중지했다.

"이봐, 트라우트. 나는 오늘 아침 바쁜 몸이야."

스탠리가 외쳤다.

"오늘 아침 어떻다구요?"

조녀선은 놀라서, 아니 놀란 척하면서 물 밑으로 가라앉았다가 나시 숨을 吐하며 모습을 드러냈다.

"내 말은―저, 시간이 없다고 그랬어. 나는 빨리 아침 수영을 끝내려는 거야. 나는 시간이 없어서 서두르는 참이야. 오늘 아침 무슨 할 일이 있단 말이야. 알았어?"

조녀선은 스탠리의 말이 끝나기도 전에 자취를 감추어 보이지 않았다.

"알아 모시겠습니다!"

그 저음의 목소리는 양순하게 말했다. 그리고 나서 조녀선은 거의 잔물결도 일으키지 않으면서 물속으로 잠수했다. 그러나 역시 죽일 놈은 죽일 놈이다! 그는 스탠리의 아침 수영을 망쳐놓은 것이다. 현실을 등진 지독한 바보 녀석! 스탠리는 다시 바다 쪽으로 수영해 나갔다가 같은 속력으로 수영해 들어와 모래밭을 달려 올라갔다. 그는 기만당한 기분이었다.

조녀선은 좀 더 물속에 머물렀다. 그는 양손을 지느러미처럼 가볍게 움직여 바다로 하여금 자신의 길고 마른 신체를 흔들게 하면서 수면에 떠 있었다. 이상한 일이었다. 그런데도 그는 스탠리 버넬이 좋았다. 때로 스탠리를 지분거리고 야유하고 싶은 악마적인 욕망을 가져보는 것도 사실이었지만 마음속 저변에는 그 친구가 안되었다는 생각을 잊지 않았다. 모든 것을 진지하게 생각하려는 스탠리의 결의 속에는 서글픈 면이 있었다. 언제고 불운이 그에게 닥쳐올 것이라는 생각을 금할 수 없었다. 그렇게 되면 그는 참담한 패배자가 될 것이다! 그런 생각을 하는 순간 거대한 파도가 조녀선의 몸을 하늘로 치켜올렸다가 다시 그의 곁을 통과하여 유쾌한 소리를 내며 바닷가에서 부서졌다. 이 얼마나 아름다운가! 다시 파도가 밀려왔다. 저것이 사는 방법이다. 아무렇게나 무모하게 자신을 소모하는 것. 그는 바닥에 발을 디뎠다. 그러고는 바닷가를 향해 물속을 걸어 이윽고 단단하고 주름 잡힌 모래 위를 발가락으로 눌렀다. 심각하게 생각하지 않고 인생이란 밀물과 썰물에 대항해서 항거하지 않고 그냥 그것에 순응하는 것─그것이 가장 필요한 것이다. 나쁜 것은 이런 긴장이다. 산다는 것─산다는 것! 그러자 신선하고 아름다운 아침, 자신의 아름다움에 웃음을 금치 못하듯 햇빛을 만끽하는 완벽한 아침이 "암, 그렇고말고" 하고 속삭이는 것 같았다.

그러나 일단 물에서 나오자 조녀선의 몸은 추위서 파래졌다. 온몸이 아팠다. 마치 누군가가 그의 몸을 비틀어 피를 짜내는 것 같았다. 근육이 온통 굳어지는 가운데 몸을 부들부들 떨며 해변을 힘없이 걸어 올라오는 조녀선 역시 아침 수영을 잡쳤다고 느꼈다. 너무 오래 물속에 있었던 것이다.

14

3

스탠리가 감색 서지 양복에 빳빳한 칼라에다 점 무늬가 박힌 넥타이를 하고 나타났을 때 응접실에는 베릴밖에 없었다. 스탠리의 외양은 흠 잡을 데 없이 말끔했고 깨끗이 솔질한 것처럼 보였다. 그는 오늘 하루의 일을 위해 시내로 갈 예정이었다. 의자에 앉은 그는 시계를 꺼내어 자신의 접시 옆에 놓았다.

"20분밖에 남지 않았군. 베릴, 가서 오트밀이 준비되었나 봐줘."

스탠리가 말했다.

"방금 어머니가 가지러 가셨어요."

베릴이 말했다. 그녀는 탁자에 앉아 스탠리에게 차를 따랐다.

"고마워."

스탠리는 차를 짤끔 맛보았다.

"맙소사! 설탕을 넣지도 않았잖아!"

스탠리는 깜짝 놀란 음성으로 말했다.

"아, 참, 미안해요."

그렇게 말을 하면서도 베릴은 설탕을 직접 넣어주지는 않았다. 대신 그녀는 설탕 그릇을 그의 앞으로 밀었다. 이게 무슨 뜻일까? 설탕을 손수 넣는 스탠리의 파란 눈이 크게 확장되었다. 그 눈은 경련하는 것 같았다. 그는 처제의 눈을 힐끔 바라보고는 의자 등받이에 몸을 기대어 앉았다.

"뭐 잘못된 것 없지?"

스탠리는 그의 셔츠 칼라를 가리키며 아무렇지 않은 듯이 물었다.

베릴은 고개를 끄덕였다. 그러고는 접시를 손가락에 들고 돌렸다.

"괜찮아요."

그녀의 경쾌한 음성이 대답했다. 그러고는 그녀 역시 고개를 들고 스탠리에게 웃음지었다.

"무슨 일이 있을 리 있나요?"

"아무렴 그렇겠지. 내가 아는 한 무슨 일이 있을 이유가 없겠지. 난 또 베릴의 표정을 보고……."

그 순간 문이 열리고 어린 소녀 셋이 각기 오트밀 접시를 들고 나타났다. 그들은 하나같이 하늘색 니트 셔츠와 짧은 바지를 입었다. 햇빛에 그을어 갈색이 된 다리에는 아무 양말도 신지 않았고 머리는 땋아서 소위 말하는 '말꼬리' 모양으로 고정했다. 아이들의 뒤를 이어 페어필드 부인이 쟁반을 가지고 들어왔다.

"애들아, 조심해라!"

부인이 경고했다. 하지만 벌써 아이들은 조심하려고 최대의 노력을 기울이고 있었다. 그들은 물건을 운반해도 된다는 허락을 받는 걸 좋아했다.

"아빠에게 안녕히 주무셨습니까 했니?"

"네, 할머니."

그녀들은 스탠리와 베릴의 맞은편 의자에 앉았다.

"스탠리, 잘 잤나?"

늙은 페어필드 부인은 스탠리에게 접시를 건네주었다.

"안녕히 주무셨습니까, 어머님. 아들놈은 좀 어떻습니까?"

"아주 점잖았어. 어젯밤엔 한 번밖에 깨지 않았다니까. 참 오늘 아침은 날씨가 그만이구나."

늙은이는 손을 빵조각 위에서 멈춘 채 말을 끊고 열린 창문으로 해서 정원을 내다보았다. 바다 소리가 들렸다. 활짝 열어놓은 창문을 통해서 햇빛이 물결처럼 흘러들어와 노란 니스 칠을 한 벽과 양탄자가 없는 바닥을 밝혔다. 탁자 위에 놓인 모든 것이 섬광을 발하며 번쩍였다. 그 한가운데에는 노란색과 빨간색 한련꽃이 가득 담긴 낡은 꽃사발이 있었다. 부인은 웃음을 지었다. 그러자 깊은 만족의 표정이 부인의 눈에서 빛났다.

"어머니, 그 빵 한 쪽 썰어주세요. 합승마차가 집 앞을 통과하기까지 12분 반밖에 남지 않았군요. 내 구두를 하녀에게 내주었나요?"

"내주었네. 모두 준비가 되어 있지."

페어필드 부인은 아주 침착하게 말했다.

"저런! 케지어! 넌 왜 그렇게 버릇이 못됐니?"

베릴이 절망적으로 외쳤다.

"이모, 저 말이에요?"

케지어가 베릴을 응시했다. 그녀가 도대체 무슨 짓을 했을까? 그녀는 오트밀 한가운데다 강물을 파놓고 그것을 채우면서 양쪽 제방에 해당하는 부분을 헐어 먹었을 뿐이었다. 하지만 그것은 오늘에 국한된 것이 아니라 매일 아침 해온 일이었고 누구도 이제껏 그것에 대해 일언반구도 하지 않았던 터였다.

"왜 너는 이사벨과 로티처럼 얌전하게 먹지 못하지?"

어른들이란 얼마나 불공평한 것인가!

"하지만 로티는 항상 떠다니는 섬을 만들어 먹잖아요? 로티, 너안 그러니?"

"나는 그러지 않는다. 난 설탕을 뿌리고 우유를 넣어서 먹어. 음식을 가지고 노는 것은 아기들이나 하는 짓이야."

이사벨이 야무지게 말했다.

스탠리는 의자를 뒤로 밀며 일어섰다.

"어머니, 구두를 가져와주십시오. 그리고 베릴, 저 식사를 끝마쳤으면 문까지 뛰어가서 합승마차를 세워줘. 이사벨, 너는 엄마에게 가서 내 모자가 어디 있나 물어보고 와라. 잠깐 — 너희들 내 지팡이를 가지고 놀았구나?"

"안 놀았어요, 아빠."

"여기다 두었는데. 내가 그걸 이 구석에 놓았던 것을 똑똑히 기억하는데 무슨 소리야. 자, 누가 가졌지? 지금 아빠는 어물어물할 시간이 없어. 정신 차려! 지팡이를 찾아야 해!"

스탠리의 음성은 화난 목소리로 변했다.

하녀인 앨리스까지 지팡이를 찾는 일에 끌려들었다. "너 혹시 부엌에서 그 지팡이를 부젓가락으로 사용하지 않았니?" 하는 질문이 있었기 때문이었다.

스탠리는 린다가 누워 있는 침실로 달려갔다.

"참 이상한 일이야. 나는 도무지 내 물건을 지닐 수가 없다니까. 이젠 지팡이까지 없어졌어."

"여보, 지팡이라고 하셨어요? 무슨 지팡이를 말씀하시는 거죠?"

이러한 상황에서 린다는 멍청하게 딴전을 부리는 것이라고 스탠리는 판단했다. 자기를 동정하는 사람은 하나도 없단 말인가?

"스탠리! 마차가 왔어요. 마차가!"

문에서 베릴이 소리쳤다.

스탠리는 린다에게 팔을 흔들었다.

"작별인사도 할 틈이 없구려!"

스탠리가 말했다. 그런데 그 말은 그녀에게 벌을 주려는 의도가 담긴 말이었다.

그는 중산모자를 잡아채듯 집어 들고 집에서 쏜살같이 달려 나가 정원의 통로를 날아 나갔다. 아니나 다를까 마차가 기다렸고 베릴은 열린 문에 몸을 기대고 서서 아무 일도 없었던 것처럼 어떤 사람에게 웃음을 던지고 있었다. 아, 여자란 무정한 존재다! 지팡이 하나 없어지지 않도록 노력하지 않으면서, 저희들을 위해 뼛골이 빠져라 일하는 것은 남자의 사정이라는 사실을 당연한 것으로 여기는 저 거동! 켈리가 말들에게 채찍질을 했다.

"안녕히 다녀오세요. 스탠리!"

베릴이 상냥하고 명랑한 목소리로 외쳤다. 다녀오라는 인사쯤 하기야 쉽겠지! 베릴은 손으로 눈에 들어오는 햇빛을 가리고 그곳에 서 있었다. 나태한 자세였다. 설상가상으로 체면이란 것 때문에 스탠리도 다녀오겠다고 인사를 해야 했다. 그렇게 인사를 외치고 난 스탠리는 베릴이 몸을 돌려 몸을 껑충 날리는가 싶더니 집으로 돌아가는 것을 보았다. 그에게서 벗어난 것을 기뻐하는 것이리라.

바로 그것이었다. 그녀는 하나님께 감사했다. 그녀는 응접실로 달려 들어가서 "언니! 떠났어!" 하고 소리쳤다.

"베릴! 스탠리는 떠났니?"

린다는 자기 방에서 외쳤다. 페어필드 부인도 작은 플란넬 포대기에다 아기를 말아 안고 나타났다.

"갔니?"

"갔어요!"

아, 이것은 안도감이라는 것이었다. 남자를 집 밖으로 몰아냈다는 것은 크나큰 차이를 가져오는 것이었다. 여인들이 서로를 부르는 목소리에도 변화가 생겼다. 목소리는 마치 비밀을 같이 나누기라도 하듯 온화하고 다정했다. 베릴은 식탁으로 건너갔다.

"어머니, 차 한 잔 더 드세요. 아직 식지 않았어요."

베릴은 여자들이 하고 싶은 것을 할 수 있게 된 사실을 어쩐지 경축하고 싶었다. 그네들을 방해할 남자란 이제 없었다. 온종일이 이제 그네들의 것이었다.

"얘야, 난 괜찮다."

늙은 페어필드 부인은 그렇게 말했지만 아기를 향해 "에구 에구, 저런!" 하고 추석이며 어르는 품이 부인도 동감이라는 것을 나타내주었다. 어린 계집아이들은 닭장에서 해방된 병아리들처럼 목장의 울타리 쪽으로 달려 나갔다.

심지어 하녀인 앨리스까지 부엌에서 설거지하다가 이 기분에 감염되었는지 소중한 탱크의 물을 아낌없이 풍풍 써버렸다.

"참, 남자들이란!"

앨리스는 중얼거렸다. 그러고는 찻잔을 양동이 속에 처넣고 물거품이 끝난 후까지도 물속에 잠겨 있도록 눌러두었다. 그 찻잔이 남자여서 남자들이란 그렇게 물을 잔뜩 먹어야 싸다는 심사에서였다.

4

"이사벨, 기다려! 케지어, 기다려!"

다시 뒤에 처진 가엾은 어린 로티가 애원했다. 혼자서 토담을 넘기란 무섭고 힘든 일이었기 때문이다. 첫 번째 계단에 서자 그녀의 무릎이 후들후들 떨리기 시작했다. 그녀는 기둥을 잡았다. 그러고 나서 한쪽 다리를 옮겨야 했다. 하지만 어느 쪽 다리를 옮겨놓을지 결정할 수 없었다. 마침내 결사적으로 한쪽 다리를 저쪽으로 옮겼을 때였다. 이제 그 기분은 공포스러운 것이었다. 그녀의 반은 목장 속에 있었고 반은 피를 닮은 목초 속에 있었다. 그녀는 기둥을 결사적으로 잡고 목소리를 드높였다.

"기다려!"

"케지어, 기다려주지 마! 바보 같은 계집애야. 늘 소란만 피우고 있다니까. 자, 가자."

이사벨은 그렇게 말하고 케지어의 니트 셔츠를 잡아끌었다.

"너 나하고 함께 가면 내 물통을 쓰게 해줄게. 내 것은 네 것보다 크잖니?"

이사벨이 다정하게 말했다. 그러나 케지어는 로티를 혼자 뒤에 내버려둘 수 없었다. 그녀는 로티에게로 다시 달려갔다. 로티의 얼굴은 이때쯤에는 빨갛게 상기되었고 가쁜 호흡을 내뱉었다.

"자, 여기다 저쪽 다리를 옮겨봐."

케지어가 말했다.

"어디?"

로티는 마치 산꼭대기에서 내려다보는 시늉을 하며 케지어를 내려다보았다.

"여기 내 손이 있는 곳 말야."

케지어가 그 장소를 두드렸다.

"아, 그곳 말야?"

로티는 깊은 한숨을 쉬며 두 번째 다리를 옮겼다.

"이제 좀 몸을 돌리며 주저앉아. 그리고 미끄럼을 타!"

케지어가 말했다.

"하지만 어디에 주저앉지? 앉을 곳이 없어."

로티가 말했다.

그녀는 마침내 해냈다. 일단 그 일이 끝나자 몸을 털며 환하게 웃기 시작했다.

"나도 이제 전보다 토담을 잘 넘지? 케지어 언니, 그렇지?"

로티는 매우 낙천적인 성격이었다.

분홍색 밀짚모자와 하늘색 밀짚모자가 미끄럽게 경사진 언덕을 오르는 이사벨의 빨간 밀짚모자를 뒤따랐다. 정상에 이르자 그들은 발을 멈췄다. 어디로 갈지 결정하고 누가 벌써 나와 있는가 자세히 살피기 위해서였다. 능선이 하늘에 그리는 선을 배경으로 서서 주로 손에 든 부삽으로 몸짓하는 그들의 모습을 뒤에서 바라본즉, 그들은 흡사 길을 잃은 꼬마 탐험대들 같았다.

새뮤얼 조셉 집안 사람들이 벌써 가정부와 더불어 그곳에 나와 있었다. 가정부는 접는 의자에 앉아 목에 끈으로 매달아 건 호각으로 질서를 유지하고 작은 회초리로 아이들의 활동을 지시했다. 새뮤얼 조셉 일가의 아이들은 결코 저희끼리 놀거나 자신들의 게임을 주관하지 못했다. 저희끼리 내버려둔다면 남자애들이 여자애들의 목에 물을 붓거나 여자애들이 남자애들의 주머니에 작고 검은 게를 넣는다든가 하는 식으로 놀이가 끝나기 일쑤였다. 그리하여 새뮤얼 조셉 부인과 가엾은 가정부는 아이들이 "재미있어 하고 장난치지" 못하도록 매일 아침 "계획표"라는 것을 작성했다. 그것은 모두 경쟁이나 경주나 아니면 빙빙 도는 게임이었다. 모든 것은 가정부의 호각에서 나오는 날카로운 소리로 시작해서 최후의 호각 소리로 끝났다.

심지어 상품이 있었다. 크고 좀 지저분한 종이로 포장된 덩어리였는데, 가정부는 언제나 털실로 짠 불룩한 포대에서 약간 떫은 웃음을 지으며 꺼냈다. 새뮤얼 조셉 일가의 아이들은 상을 타기 위해 격렬하게 싸우고 속이고 서로의 팔을 꼬집었다. 그애들은 하나같이 꼬집기 선수였다. 버넬 가 아이들이 이들과 함께 어울려서 게임을 한 적이 딱 한 번 있었는데, 케지어가 상을 타게 되어, 세 겹 종이 포장을 열어보았더니 작고 녹이 슨 단추가 들어 있었다. 그 집 아이들이 왜 그렇게 소란을 피우는지 그녀는 이해할 수 없었다.

이제 그들은 새뮤얼 조셉 일가의 아이들과는 절대로 놀지 않았고 그들의 파티에도 가지 않았다. 그 집안은 만(灣)에서 아이들을 위한 파티를 항상 열어주었다. 그런데 음식이 늘 같은 것이었다. 큼직한 대야같이 생긴 그릇에 가득 채운 과일 샐러드와 4개로 자른 과자와 가정부의 표현을 빌자면 '레몬네디어'라는 것이 철철 넘치는 대야 같은 그릇뿐이었다. 따라서 저녁에 돌아올 무렵에 보면 옷의 단이 반쯤 뜯어지고 편물로 짠 소매 없는 원피스의 앞자락은 엎지른 액체로 더러웠다. 돌아서는 그들의 뒤에서는 새뮤얼 조셉 일가의 아이들만 잔디밭에 남아 야만인들처럼 뛰어놀았다. 정말 질색이라니까! 너무 끔찍한 아이들이었다.

해변의 맞은쪽, 그러니까 물 가까이에서 어린 두 소년이 반바지를 걷어 올린 채 거미처럼 이리저리 움직이고 있었다. 한 명은 모래 구멍을 팠고 한 명은 작은 물통에 물을 담으며 물속을 드나들었다.

그들은 트라우트 형제로 피프와 래그스였다. 그러나 피프는 모래를 파느라 여념이 없었고 래그스는 그를 거드느라 바빠서 그들의 동류(同類)들이 꽤 가까이 올 때까지도 알아차리지 못했다.

"이봐! 이거 내가 발견한 거야."

피프가 그들에게 낡고 젖은 구두, 짓눌려 보이는 구두를 보여주었다. 세 어린 계집아이들은 응시했다.

"그것으로 무엇 할래?"

케지어가 물었다.

"물론 간수해두는 거지. 이것은 내가 발굴한 거야. 알겠니?"

피프는 냉소적으로 말했다.

케지어도 그것쯤은 알았다. 그렇지만……

"모래 속에는 많은 것이 묻혀 있어. 난파선에서 나온 것이야. 보물이야. 참, 너도 발견할 수 있을 거야……"

피프가 설명했다.

"그런데 래그스가 물을 계속 붓는 것은 뭐 하는 짓이지?"

로티가 물었다.

"그런 일을 쉽게 하기 위해 땅을 적시는 중이야. 래그스, 계속 해!"

피프가 말했다.

마음씨가 착한 래그스는 물로 뛰어 내려갔다가 다시 올라오며 물을 갖다 부었다. 그 물은 코코아처럼 갈색으로 변했다.

"이봐, 내가 어제 발견한 것을 너희들에게 보여주겠다."

피프가 신비한 음성으로 말했다. 그러고는 부삽을 모래 속에 꽂았다.

"이야기하지 않겠다고 약속해라."

그네들은 약속했다.

"가슴에 성호를 긋고 굳게 맹세합니다라고 말해."

어린 소녀들은 그렇게 말했다.

피프는 주머니에서 무언가를 꺼내어 그의 셔츠 앞자락으로 오랫동안 문지르고 다시 그것에다 입김을 불어넣고 문질렀다.

"자, 이제 이쪽을 봐!"

그가 명령했다.

그들은 몸을 돌렸다.

"모두 같은 방향을 봐. 이제 입을 닥쳐! 자!"

다음 순간 그의 손을 펼쳤다. 그는 햇빛을 향해 무엇인가를 들어올렸다. 그것은 번쩍이며 광채를 발했고 매우 아름다운 초록색이었다.

"이건 에메랄드야."

피프가 근엄하게 말했다.

"피프, 그게 정말이니?"

이사벨까지도 감동했다. 아름다운 초록색 물체가 피프의 손가락 속에서 춤추는 것 같았다. 베릴 이모의 반지에도 에메랄드가 붙어 있었다. 그러나 그것은 매우 작은 것이었다. 이것은 별처럼 큼직하고 훨씬 더 아름다웠다.

5

아침 시간이 지남에 따라 모든 사람이 모래언덕 위로 나타나더니 해수욕을 하러 바닷가로 내려왔다. 11시가 되면 당연스레 여름 별장지의 여인들과 아이들이 바다를 독점했다. 먼저 여자들이 옷을 벗고 수영복을 입었고 그러고 나서 스펀지 주머니 같은 흉측한 모자로 머리를 덮었다. 그런 다음엔 아이들 옷의 단추를 끌렀다. 모래 사장은 옷과 구두의 작은 더미로 점점홍(點點紅)을 이루었다. 바람에 날아가지 않도록 돌로 눌러놓은 거대한 여름모자들은 마치 거대한 조개처럼 보였다. 이렇게 뛰고 깔깔대는 인간의 형체들이 파도 속으로 뛰어들 때 바다 소리조차 다르게 들리는 것은 이상한 일이었다. 늙은 페어필드 부인은 라일락 빛깔의 면직 옷을 입고 검은 모자의 끈은 턱 밑으로 매고 어린 것들을 모아 물에 들어갈 준비를 시켰다. 트라우트 일가의 어린 남자애들은 셔츠를 머리에서 팽개치듯 벗더니 다섯 명이 어울려 쏜살같이 사라졌다. 한편 그들의 할머니는 한 손을 편물 주머니에 넣은 채 앉아서 아이들이 무사히 물에 들어간 것에 만족하는 순간 털실 타래를 꺼낼 만반의 준비를 했다.

몸이 단단하고 건장한 어린 소녀들은 허약하고 여위어 보이는 어린 소년들보다 용감하지 못했다. 피프와 래그스는 몸을 떨면서 웅크린 자세로 물탕을 치면서 전혀 주저하는 빛이 없었다. 팔을 열두 번쯤 휘저을 정도까지 수영해서 갈 수 있는 이사벨과 여덟 번 정도 휘저을 수 있는 케지어는 서로 물탕을 치지 않기로 양해했다. 로티는 어떤가 하면 전혀 그네들의 뒤를 따르지 않았다. 그녀는 제멋대로 뒤에 남는 쪽이 더 좋았다. 그녀는 물가에 앉아 다리를 똑바로 뻗어 무릎을 서로 맞대고 바다 속으로 둥실둥실 떠밀려 나가기를 기대하듯 양팔로 엉성한 동작을 그리는 걸 좋아했다. 그러나 보통 파도보다 더 큰 파도, 그러니까 할아버지의 수염 같은 큰 파도가 그녀 쪽으로 철썩이며 달려올 때면 그녀는 겁에 질린 표정으로 허둥지둥 일어나 모래 위로 다시 도망쳐버렸다.

"어머니, 자 이거 보관해주세요."

반지 두 개와 가는 금줄이 페어필드 부인의 무릎으로 떨어졌다.

"그러마. 그런데 넌 여기서 해수욕하지 않을 셈이냐?"

"저는 저 위에 가서 옷을 갈아입겠어요. 해리 켐버 부인과 함께 해수욕하려 해요."

베릴은 느린 어조로 말했다. 그녀의 음성에는 좀 어물어물하는 기색을 담겼다.

"그래?"

페어필드 부인의 입술이 삐죽 나왔다. 부인은 해리 켐버 부인을 못마땅하게 여기는 터였다. 베릴도 그 점을 모르는 바 아니었다.

가엾은 늙은 어머니……. 그녀는 돌밭을 골라 디디며 속으로 웃었다. 가엾은 늙은 어머니! 늙는다는 것! 아, 젊다는 것은 얼마나 큰 기쁨이며 축복이냐!

"기분이 좋은 것 같군 그래."

켐버 부인이 말했다. 켐버 부인은 돌 위에 등을 둥글게 굽히고 양 무릎을 팔로 감아 안고 앉아 담배를 피우고 있었다.

"참 날씨가 좋아요."

베릴은 그녀를 내려다보며 웃음지었다.

"그래? 그렇게 생각해?"

해리 켐버 부인의 음성은 사실은 그렇지 않다는 듯한 투였다. 그러나 그녀의 음성은 항상 너의 일은 너보다도 내가 더 잘 안다는 말투로 흘렀다.

그녀는 손발이 가늘고 키가 큰, 이상하게 생긴 여자였다. 그녀의 얼굴 역시 길고 좁았고 늘 피로한 표정이었다. 심지어 그녀의 곱슬 거리는 금발의 앞머리는 타버리고 시들어버린 것 같았다. 그녀는 이 해변에서 담배를 태우는 유일한 여자였다. 게다가 줄담배였고 이야기하는 동안에도 담배가 입술 사이에 끼어 있었다. 재가 길게 붙어 있어 저 재가 왜 떨어지지 않나 하는 의아심이 생길 때에야 비로소 입술에서 담배를 떼었다. 그녀는 평생을 두고 매일 브리지 놀이를 했는데, 그것을 하지 않는 시간에 한해서 햇빛을 쬐는 데 보냈다. 아무리 따가운 햇빛도 그녀는 참아낼 수 있었다. 아무리 오래 쬐도 시원치 않은 모양이었다. 여하튼 그녀의 몸이 따뜻해지 기는 불가능한 것 같았다. 물결에 밀려온 유목(流木)처럼 갈라지고 시들고 차가운 채로 돌 위에 누워 있었다.

해변에 온 여자들은 그녀를 지독하게 방종스럽다고 생각했다. 체면을 무시하고 사투리를 쓰며 마치 자신도 남자인 것처럼 남자들 을 다루는 모습이라든지 가정에 대해서 전혀 신경을 쓰지 않고 하 녀인 글래디즈를 "글래드 아이즈"(반가워하는 눈)라고 부른다든지 하 는 것, 모두가 품위를 잃었다. 테라스의 계단에 서서 쳄버 부인은 특유의 무관심하고 피곤한 목소리로 "이봐, 글래드 아이즈, 내 손수 건을 가지고 있거든 나한테 던져주지 않겠니?" 하고 소리 지르기 일쑤였다. 그러면 모자 대신 빨간 리본을 머리에 달고 흰 구두를 신 은 글래드 아이즈는 철면피 같은 웃음을 띠며 달려오곤 했다. 이것 은 정말 체면이고 뭐고 따지지 않는 행위였다. 사실 그녀에겐 자식 이 없었다. 또한 그녀의 남편이란 사람은……. 이런 이야기를 수군 덕거리는 사람들은 그녀의 남편에 대한 이야기에 이르러서는 목청을 높였고 열기를 더했다. 그 남자가 그런 여자와 어떻게 결혼했을까? 도대체 어떻게 그가 그녀와 결혼할 수 있었단 말인가? 물론 돈 때문이겠지……. 하지만 아무리 그렇기로서니!

쳄버 부인의 남편은 그녀보다 적어도 10년은 아래였다. 게다가 어찌나 잘생겼는지 그는 한 남자라기보다 하나의 마스크 같았고, 아니면 미국 소설의 삽화에 나오는 완벽한 미남자 같았다. 검은 머리, 감색 눈망울, 붉은 입술, 서서히 피어오르는 졸린 듯한 웃음, 놀라운 테니스 솜씨, 완벽한 춤, 게다가 온갖 신비가 서려 있었다. 해리 쳄버는 꿈속에서 걷는 남자 같았다. 남자들은 그를 감당할 수 없었다. 그들은 이 남자의 입에서 한마디도 얻어들을 수 없었다. 아내가 그를 무시하듯 그도 아내를 무시했다. 그는 어떻게 살아가는 것일까? 물론 이야기가 많았다. 그러나 모두 그렇고 그런 이야기였다. 그래서 남에게 할 수 있는 이야기가 아니었다. 그와 함께 있는 것이 눈에 띈 여자들, 그가 발견된 장소들은……. 그러나 어느 한 가지도 확실한 것은 없었고 명확한 것도 없었다. 해변에 온 어떤 여인들은 그가 언제고 살인을 범할 것이라고 혼자서 생각했다. 그들은 쳄버 부인과 이야기를 나누며 그녀가 걸친 요란한 의상을 보는 동안에도 그 부인이 해변에 길게 누운 모습을 눈에 그렸다. 늘 긴 누웠으되 싸늘하게 식은 몸에 유혈이 낭자하고 아직도 입 언저리에 담배토막을 문 모습을 상상했다.

쳄버 부인은 몸을 일으키고 하품을 하고 나서 벨트의 버클을 풀고 블라우스의 끈을 동였다. 또한 베릴도 스커트를 벗고 상의를 벗어 떨어뜨렸다. 그러고는 짧고 흰 페티코트와 어깨 위에 매다는 리본이 달린 캐미솔을 입은 채 서 있었다.

"어머나! 정말 귀여운 미인이구려!"

켐버 부인이 말했다.

"놀리지 마세요."

베릴이 조용한 음성으로 말했다. 그러나 스타킹을 한 짝씩 벗으면서 그녀도 자신의 미모를 느꼈다.

"이봐, 내 말이 뭐가 싫지?"

켐버 부인은 자신의 페티코트를 밟으면서 말했다. 정말 그녀의 속옷은 정녕! 하늘색 무명 팬티와 어쩐지 베갯잇을 연상시키는 웃옷……

"댁은 코르셋을 하지 않는군?"

그녀는 베릴의 허리를 만졌다. 그러자 베릴은 좀 엄살이 섞인 비명을 지르며 펄쩍 뛰었다. 그러고는 "그러지 마세요!" 하고 단호히 말했다.

"참 부럽군."

켐버 부인은 코르셋을 끄르며 한숨지었다.

베릴은 등을 돌리고 나서 옷을 벗고 수영복으로 갈아입는 두 가지 행위를 동시에 해내려고 애쓰는 어떤 복잡한 동작을 시작했다.

"이 사람아, 나에게 신경 쓰지 마. 부끄러울 게 뭐 있지? 내가 잡아먹기라도 할 것 같아? 저 바보들과는 달리 나는 아무렇지도 않다니까."

켐버 부인은 말 울음과 같은 야릇한 웃음을 웃으며 다른 여자들 쪽을 향해 우거지상을 지었다.

그러나 베릴은 수줍었다. 그녀는 어떤 사람 앞에서 옷을 벗은 적이 없었다. 그게 어리석은 짓일까? 해리 켐버 부인은 그것이 어리석은 짓임을 그녀에게 상기시켰다. 부끄러워해야 할 어떤 것임을 상기시켰다. 도대체 왜 수줍어해야 한단 말인가! 그녀는 대담하게 찢어진 속옷을 입고 새 담배에 불을 붙이고 서 있는 친구 쪽을 힐끗 바라보았다. 그러자 베릴의 가슴에는 별안간 대담하고 사악한 감정이 꿈틀거렸다. 그리하여 베릴은 조심성 없는 웃음을 터뜨리며 흐늘흐늘하고 깔깔한, 아직 채 마르지 않은 수영복을 입고 비틀린 단추를 채웠다.

"그 편이 더 낫군 그래."

해리 켐버 부인이 말했다. 그들은 함께 물가로 내려가기 시작했다.

"자네가 옷을 입는다는 것은 죄야. 언제고 누군가가 그런 말을 자네에게 해줄 필요가 있을 거야."

물은 꽤 따뜻했다. 경이롭도록 투명한 푸르름이었고 은빛 반점이 있었으나 바닥의 모래는 황금빛이었다. 발가락으로 바닥을 차면 금먼지의 작은 연기가 솟아올랐다. 이제 파도가 그녀의 가슴에 이르렀다. 베릴은 양팔을 펴고 먼 바다 쪽을 응시하며 섰고 파도가 밀려올 때마다 약간 점프했다. 그래서 그녀를 그처럼 부드럽게 들어 올리는 것이 바로 파도인 것처럼 보였다.

"예쁜 여자들이 즐거운 시간을 갖는다는 것은 아주 좋은 일이라고 나는 생각해."

해리 켐버 부인이 말했다.

"즐기지 말아야 할 이유가 어디 있지? 자네도 잘못 생각하지 말아요. 즐기라 이 말이야."

그렇게 말하고는 갑자기 몸을 뒤집더니 그녀는 사라졌다. 그러고는 쥐처럼 재빠르게 수영해 나갔다. 다시 몸을 돌려 이리로 돌아오기 시작했다. 그녀는 다른 무슨 말을 하려던 참이었다. 베릴은 이 냉엄한 여자가 독약을 먹이고 있다는 느낌이 들었다. 그러나 베릴은 그 부인의 말을 더 듣고 싶었다. 하지만 이 얼마나 기이하고 섬뜩한 일인가! 캠버 부인이 가까이로 돌아와서 방수된 검은 수영모를 쓴 졸린 얼굴을 물위로 내밀고 턱만이 물에 닿게 했을 때 그녀는 그녀의 남편의 얼굴을 마음대로 주물러 빚은 만화 같았다.

6

앞마당의 잔디밭 한가운데서 자라는 차(茶)나무 밑 갑판 의자에 앉아 린다 버넬은 오전을 꿈꾸면서 보냈다. 그녀는 아무것도 한 것이 없었다. 그녀는 검고 조밀하고 메마른 차나무 잎사귀를 바라보았고 나뭇잎 사이로 터진 푸른 공간을 보았다. 이따금 작고 누르스름한 꽃이 그녀 위로 떨어졌다. 아름다웠다 — 그렇다. 이러한 꽃잎 하나를 손바닥에 올려놓고 자세히 바라보면 그것은 섬세함의 극치를 이루는 법이다. 미색 꽃잎 하나하나는 사랑하는 손길이 조심스럽게 만든 작품인 양 광채를 내뿜었다. 그 한가운데에 있는 미세한 꽃술은 종의 모양이었다. 그것을 다시 뒤집어 보면 외부는 진한 청동색이었다. 그러나 그 꽃들은 피기가 무섭게 떨어져서 흩어졌다. 사람들과 이야기하면서도 윗도리에서 그 꽃들을 털어야 한다. 또한 이 귀찮은 작은 것들은 머리카락에도 붙어 다닌다. 그렇다면 적어도 꽃은 꽃이 아닌가? 이렇게 낭비하듯 사라지는 이 모든 것을 만드는 수고, 아니 그 희열을 맛보는 자는 도대체 누구일까? 그것은 신비한 일이다.

그녀 옆의 풀밭, 두 베개 사이에는 어린것이 누워 있었다. 아기는 고개를 어머니에게서 돌린 채 깊은 잠에 빠져 있었다. 검고 가는 머리칼은 머리칼이라기보다는 오히려 그늘처럼 보였다. 그러나 아기의 귀는 밝게 빛나는 짙은 산호빛을 발했다. 린다는 깍지 낀 손을 머리 위에 얹고 다리를 꼬았다. 모든 방갈로는 텅 비었고 모든 인간도 바닷가로 내려가 보이지도 들리지도 않는다는 인식은 매우 기분 좋은 일이었다. 그녀는 정원을 독차지한 것이다. 그녀는 혼자였다.

석죽(石竹)은 눈이 부시도록 희게 빛났다. 황금빛 눈을 가진 금작화가 번뜩였다. 한련화는 테라스의 기둥을 초록색 불길과 황금색 불길로 휘감았다. 이러한 꽃들을 오래오래 바라볼 시간이 있으면 얼마나 좋을까! 신기하고 기이하다는 의식을 극복할 수 있는 시간, 그것들을 이해할 시간이 있다면 얼마나 좋을까! 그러나 꽃잎을 떼어 그 뒷면을 보려고 발을 멈추는 순간 "인생"이란 것이 뒤쫓아오는 법이다. 그러면 우리는 인생에 의해 밀려가버린다. 이러한 상념 속에서 등의자에 누운 린다는 자신의 몸이 가벼워지는 것을 느꼈다. 자신도 한 장 잎사귀가 된 기분이 들었다. "인생"이 바람처럼 달려와서, 그녀를 잡고 흔드는 것이었다. 그녀도 가야 한다. 아, 항상 이래야 하는 건가? 이것을 피할 길은 없단 말인가?

……이제 린다는 타스마니아의 친정집 테라스에 앉아 그녀의 아버지 무릎에 기대어 있었다. 그러자 아버지가 약속했다.

"린다, 내가 늙고 너도 자라면 곧 우리는 어디로 가버리자꾸나. 도망가는 거야. 두 남자애들도 같이 가는 거야. 나는 중국에 있는 강을 배로 거슬러 올라가고 싶구나. 그게 꿈이란다."

린다의 눈에는 넓고, 뗏목과 작은 배로 덮인 강물이 보였다. 뱃사람들의 노란 모자가 보였고 서로 부르는 가늘고 높은 그들의 음성이 들렸다……

"네, 그러세요, 아빠."

그러나 바로 그 무렵 밝은 적색 머리에 체격이 우람한 청년이 조심스럽게 그들의 집을 지나치며 서서히, 그리고 근엄하게 모자를 벗어 들었다. 린다의 아버지는 늘상 그렇듯 짓궂게 린다의 귀를 잡아당겼다.

"린다, 네 애인이다."

아버지가 속삭였다.

"아빠! 제가 스탠리 버넬과 결혼한다구요!"

여하튼 그녀는 버넬과 결혼했던 것이다. 더욱이 그녀는 그 남자를 사랑했다. 누구나가 매일 보는 스탠리를 사랑한 게 아니었다. 매일 밤 무릎을 꿇고 기도하며 착하려고 애쓰는 수줍고 민감하고 천진무구한 스탠리를 사랑했던 것이다. 스탠리는 단순했다. 예컨대 그가 그녀를 믿듯 그가 사람들을 믿었다 하면 그야말로 성심성의로 믿는 위인이었다. 그는 불성실할 수 없는 사람이었다. 그는 거짓말을 못했다. 혹시 누군가가─아니 심지어 그녀가 그에게 성실하지 않다고 생각하면 그는 얼마나 괴로워했는지 모른다. "이건 나로서는 도저히 이해할 수 없어!" 하고 고함치는 스탠리였다. 이럴 때 적나라하게 떨리는, 광기가 서린 그의 표정은 덫에 걸린 짐승의 표정 같았다.

그러나 문제는─여기에 이르러서는 왜 우스운지도 모르면서 그녀는 웃고 싶은 충동을 느꼈는데─그녀가 좋아하는 스탠리를 오래

보지 못한다는 사실이었다. 평온한 그를 볼 수 있는 순간도 간혹 있기는 했지만 대부분의 경우는 항상 화재가 나는 버릇을 못 고치는 집에 살거나 아니면 매일 좌초하여 난파되는 배에 탄 기분이었다. 게다가 위기에 처하는 것은 항상 스탠리였다. 그녀의 시간은 온통 그를 구조하고 그를 원상 복귀시키고 그를 진정시키고 그의 이야기를 경청하는 데 소비되었다. 그래서 그녀의 나머지 시간은 아기를 낳는 공포에 쓰였다.

린다는 얼굴을 찌푸렸다. 그녀는 급한 동작으로 등의자에 일어나 앉아 복사뼈를 잡았다. 그렇다. 그것이 그녀의 인생에 대한 깊은 통한이었다. 그것은 그녀로서는 도저히 이해할 수 없는 것이었다. 그녀가 아무리 질문하고 또 질문해도 대답을 들을 수 없는 의문이었다. 자식을 낳는다는 것이 여자의 당연한 팔자라고 말하는 것은 있을 수 있는 말이다. 그러나 그것은 진실된 말이 아니다. 다른 사람들은 몰라도 그녀 자신은 그것이 그릇된 말이라는 것을 증명할 수 있었다. 그녀는 아이를 낳는 일로 인해서 좌절하고 허약해지고 용기도 잃었다. 설상가상으로 참기 어려운 것은 그녀가 자식들을 사랑하지 않는다는 사실이었다. 사랑하는 척해봐야 소용없는 일이었다. 설령 체력이 있었다 해도 그녀는 결코 어린 계집아이들을 돌보고 같이 놀아주지 않았을 것이다. 그 지겨운 출산이라는 여정에 오를 때마다 차가운 입김이 그녀를 송두리째 냉동시켜놓은 것 같았다. 그애들에게 줄 따스함이 남아 있지 않았다. 이번에 낳은 남자아이는 어떤가 하면 고맙게도 어머니가 데려가버렸다. 아기는 어머니의 것이었다. 아니면 베릴의 것이거나 아기를 원하는 사람이면 누구든 그의 것이었다. 그녀는 그 아기를 자신의 팔에 안아본 적이 거

의 없었다. 그녀는 아기에게 너무도 무관심했기 때문에 아기가 그
곳에 누워 있을 때면…… 힐끗 내려다보았을 뿐이다.

아기는 몸을 이쪽으로 돌렸다. 아기는 린다를 향해 누웠는데, 이
젠 자지 않았다. 아기는 감색 눈을 뜨고 있었다. 엄마를 살며시 내
다보듯 빠끔한 눈으로 보았다. 그러고는 갑자기 얼굴에 보조개가
생겼다. 그것은 이가 보이지 않는 환한 웃음으로 변했다. 그야말로
그것은 완벽한 햇살이었다.

"나 여기 있어! 왜 나를 좋아하지 않으세요?" 하고 그 행복한 웃
음이 말하는 것 같았다.

그 웃음에는 매우 이상하고 예상치 않았던 무엇이 있었기 때문
에 린다 자신도 살며시 웃었다. 그러나 린다는 자제하고 아기에게
냉정한 목소리로 "난 아기가 싫어!" 하고 말했다.

"아기가 싫어?"

아기는 그녀의 말을 믿을 수 없었다.

"내가 싫어요?"

아기는 바보처럼 양팔을 엄마에게 흔들었다.

린다는 의자를 떠나 풀밭에 앉았다.

"넌 왜 계속 웃기만 하니?"

그녀는 엄격히 말했다.

"내가 무슨 생각을 하는지 네가 알면 그렇게 웃지 못할걸."

그러나 아기는 교활하게 실눈을 뜨고 베개 위에서 머리를 굴렸
다. 그녀의 말을 하나도 믿지 않는 거동이었다.

"그런 것쯤 우린 다 알아요."

아기의 웃음이 말해주었다.

린다는 이 조그만 것의 자신만만함에 매우 놀랐다……. 아니, 자신을 속이지 말아야지! 그녀의 실제 감정은 그런 것이 아니었다. 훨씬 다른 어떤 감정이었다. 매우 새로운 무엇이었다. 매우……. 눈물이 그녀의 눈에 고여왔다. 그녀는 속삭이는 말로 아기에게 말했다.

"까꿍! 너 날 웃기는구나!"

그러나 이제 아기는 엄마에 관해서는 까맣게 잊었다. 아기는 다시 심각해진 상태였다. 분홍색 무엇인가가, 아니 부드러운 무엇인가가 그의 앞에서 움직였던 것이다. 아기는 그것을 손으로 잡았다. 그 순간 그것은 즉시 사라졌다. 그러나 아기가 벌렁 누운 자세가 되었을 때 먼저와 같은 다른 것이 나타났다. 이번에는 그것을 잡겠다고 아기는 결심했다. 아기는 엄청난 노력을 감행했다. 그 순간 아기는 데구루루 굴렀다.

7

썰물이 되었다. 바닷가엔 인적이 없었고 훈훈한 바다가 나태하게 철썩였다. 태양은 가는 모래 위에 뜨겁고 맹렬히 쏟아지며 회색, 청색, 흑색 또는 흰 줄무늬가 있는 조약돌을 구웠다. 태양은 곡선을 이루는 조개껍질 속에 담겼던 작은 물방울 하나까지 모두 빨아 흡수해버렸다. 태양은 모래언덕들을 재봉실로 박아나가듯 연결된 분홍색 나팔꽃을 하얗게 표백했다. 작은 물벼룩을 제외하고는 움직이는 것은 아무것도 없는 듯했다. 톡! 톡! 톡! 물벼룩들은 잠시도 조용히 있을 줄 몰랐다.

썰물 때가 되면 마치 물을 마시러 내려온 털북숭이 짐승처럼 보
이는 해초가 늘어진 바위 저쪽에 있는 바위에 팬 작은 웅덩이 속에
서 햇빛은 마치 그 웅덩이 속에 떨어뜨린 은화처럼 회전하는 것 같
았다. 그것들은 춤추고 떨었다. 그러면 잔물결이 다공질 해안을 씻
어내렸다. 위에서 내려다보면 물웅덩이 하나하나는 분홍과 청색의
집들이 가장자리에 옹기종기 몰려 있는 호수와 같았다. 그리고 이
건! 뭐라고 표현할 수 있을까! 그 작은 집들 뒤로는 산악 지대가 펼
쳐졌다 — 협곡, 작은 통로, 위험한 급류, 그리고 물가로 이끄는 겁
나는 오솔길도 있었다. 물 아래에는 바다의 삼림(森林)이 물결쳤
다 — 실 같은 분홍색 나무와 공단 같은 말미잘과 버찌 같은 반점이
있는 오렌지색 해초가 물결쳤다. 이제 바닥에 깔린 작은 돌이 움직
이며 흔들렸다. 그러자 검은 촉수가 힐끗 보였다. 다음 순간 실같이
가는 생물이 흔들거리는 동작으로 움직이더니 금세 보이지 않았다.
흔들리는 분홍색 나무에도 무슨 일이 일어났다. 그것들은 차가운
달빛같이 파랗게 변했다. 그때 "퐁당" 하는 소리가 거의 들리지 않
을 정도로 희미하게 들렸다. 누가 저런 소리를 내는 것일까? 저곳
에서 무슨 일이 일어나려는 것일까? 뜨거운 땡볕 속에서는 해초의
냄새가 얼마나 진하고 얼마나 습한 것일까…….

피서지의 방갈로는 초록색 덧창을 드리웠다. 피곤해 보이는 수
영복과 거친 줄무늬가 든 타월들이 테라스 위 목장 쪽으로 기울어
지게 걸렸고 아니면 목책 위에 널려 매달렸다. 뒤창마다 문턱에는
샌들 한 켤레라든가 바윗돌 몇 덩어리라든가 물통이라든가 아니면
수집한 조개껍질이 놓인 것 같았다. 숲은 폭염의 아지랑이 속에서
떨렸다. 모랫길에는 인적이 없었고 다만 트라우트 가의 스누커라는

개가 길 한가운데에 길게 누워 있었다. 개의 푸른 눈은 위를 바라보았고 다리는 빳빳이 뻗었고 이따금 절망적인 소리가 섞인 한숨을 토하는 품이 마치 모든 것을 끝장내기로 결심한 것 같았다. 그놈은 어떤 친절한 짐마차가 그리로 오기를 기다렸다.

"할머니, 무엇을 보고 계세요? 왜 손을 멈추고 벽만 바라보시죠?"

케지어와 할머니는 함께 낮잠을 잘 예정이었다. 케지어는 단지 짧은 시미즈와 속옷을 걸치고 팔과 다리를 알몸으로 드러낸 채 할머니 침대 위에 있는 풍선베개 위에 누워 있었고 할머니는 헐렁한 흰 옷을 입고 무릎에는 핑크색 긴 편물을 올려놓은 채 창가의 흔들의자에 앉아 있었다. 그들이 함께 쓰는 이 방은 이 방갈로의 다른 방처럼 연한 니스를 칠한 목재로 되어 있었고 바닥에는 아무것도 깔지 않았다. 가구는 이를 데 없이 초라했고 단출했다. 예컨대 화장대는 잔가지 무늬가 든 모슬린 페티코트를 씌운 나무 상자였고 그 위에 놓은 거울은 매우 이상했다. 마치 포크에 쩬 번개의 조각이 그 속에 감금된 것 같았다. 테이블 위에는 아르메리아가 든 병이 있었는데, 그 알맹이들을 어찌나 꼭꼭 눌러 꽂았던지 마치 공단으로 된 바늘꽂이 같았다. 케지어가 바늘 접시로 사용하라고 할머니에게 준 특별한 조개껍질이 있었고 더욱 각별한 조개껍질이 있었는데, 그것은 시계가 웅크리고 들어앉을 마땅한 곳이 될 것이라 여겨 할머니에게 선물한 것이었다.

"할머니, 왜 그러는지 말해줘요."

케지어가 말했다.

늙은 부인은 한숨을 짓고 털실을 엄지에 두 번 감고는 뿔로 된 뜨개바늘을 그 사이로 찔렀다. 할머니는 뜨개질의 첫눈을 만들었다.

"너의 삼촌 윌리엄을 생각했단다."

부인은 조용한 목소리로 말했다.

"오스트레일리아의 윌리엄 삼촌 말씀이세요?"

케지어가 말했다. 그녀에겐 삼촌이 또 하나 있었기 때문이다.

"물론 그렇지."

"제가 본 적이 없는 삼촌 말이죠?"

"응, 그렇지."

"그 삼촌은 어떻게 되셨나요?"

케지어는 모든 것을 다 알았다. 그러나 다시 이야기를 듣고 싶었다.

"삼촌은 광산으로 갔다가 그곳에서 일사병에 걸려 죽었단다."

페어필드 부인이 말했다.

케지어는 눈을 껌벅이며 그 광경을 다시 눈앞에 떠올렸다⋯⋯. 조그만 남자가 크고 검은 굴 곁에 장난감 양철 병정처럼 쓰러진 광경이었다.

"할머니, 그 삼촌 생각을 하면 슬퍼지나요?"

케지어는 할머니가 슬퍼하는 것이 싫었다.

이제 늙은 부인이 생각할 차례였다. 그것이 자신을 슬프게 하는 것일까? 지나간 먼 과거를 회상한다는 것이⋯⋯. 케지어가 자기의 모습을 보는 것처럼 세월을 거슬러 올라가는 것. 지나간 세월이 이미 시야에서 사라진 지 오래인데, 여자들이 흔히 그러듯 그 지나간 세월을 돌이켜보는 것. 그것이 자신을 슬프게 하는 것일까? 아니,

그렇지 않다. 인생이 다 그런 것이니까.

"아니, 그렇지 않다."

"그런데, 왜?" 하고 케지어가 말을 이었다. 케지어는 아무것도 걸치지 않은 한쪽 팔을 올려 허공에다 무언가를 그리기 시작했다.

"왜 윌리엄 삼촌은 죽어야 했나요? 늙지도 않았는데."

페어필드 부인은 뜨개질감의 코를 세 개씩 세기 시작했다.

"그저 그렇게 되었단다."

그녀는 다른 일에 심취한 어조로 말했다.

"누구나 죽어야 되나요?"

케지어가 물었다.

"누구나 죽는 거란다."

"나도?"

케지어는 도저히 믿어지지 않는다는 투였다.

"애야, 언젠가는 다 그렇게 된단다."

"하지만 할머니, 내가 죽기 싫다고 하면 어떻게 되지요?"

케지어는 왼쪽 발을 흔들며 발가락을 움직였다. 모래투성이였다.

늙은 부인은 다시 한숨을 내쉬고 공 같은 실타래에서 긴 실을 잡아 풀었다.

"케지어, 우리의 의지에 대해 묻거나 하진 않는단다. 그것은 조만간 우리 모두에게 일어나는 일이란다."

케지어는 이 문제를 아직도 곰곰이 생각하며 누워 있었다. 그녀는 죽고 싶지 않았다. 죽는다는 것은 이곳을 떠나버리는 것, 모든 곳을 떠나버리는 것, 영원히 떠나버리는 것 — 할머니에게서 떠나는 것을 의미했다. 그녀는 재빨리 몸을 굴려 돌아누웠다.

"할머니."

그녀는 놀란 목소리로 말했다.

"무엇 말이냐?"

"할머니는 죽으면 안 돼요."

케지어의 음성은 단호했다.

"그래? 케지어, 이제 그런 이야기는 그만 하자."

할머니는 쳐다보며 웃더니 고개를 좌우로 흔들었다.

"하지만 할머니는 죽으면 안 돼. 할머니는 나를 떠날 수 없어. 할머니가 없으면 싫어."

이건 끔찍한 이야기였다.

"할머니, 약속해. 절대로 죽지 않는다고 말야."

케지어는 애원했다.

늙은 부인은 뜨개질을 계속했다.

"약속해! 절대로 죽지 않겠다고!"

그러나 할머니는 여전히 말이 없었다.

케지어는 침대에서 굴러 내려왔다. 더는 참을 수 없었다. 그래서 케지어는 경쾌하게 할머니의 무릎 위로 뛰어올라 할머니의 목을 끌어안고 할머니에게 키스하기 시작했다. 턱밑과 귀 뒤에다 키스하고 할머니의 목 밑을 후 하고 불었다.

"죽지 않겠다고 약속해. 절대로 죽지 않겠다고 약속해…… . 절대로…… ."

그녀는 키스하면서 헐떡이듯 말했다. 그러고는 아주 부드럽게 할머니를 간질이기 시작했다.

"케지어! 이런!"

할머니는 뜨개질하던 것을 떨어뜨렸다. 할머니는 흔들의자 속으로 물러앉았다. 할머니도 케지어를 간질이기 시작했다.

"절대로 죽지 않겠다고 말해! 절대로 죽지 않겠다고……."

그들이 서로 포옹하고 깔깔거리며 그곳에 누워 있는 동안에도 케지어의 목 깊숙한 곳에서는 여전히 이 말이 넘쳐 나왔다.

"요것아! 이제 그만! 이제 됐어. 이제 그만! 요 망아지 같은 계집애야!"

늙은 페어필드 부인은 모자를 고쳐 쓰면 말했다.

"내 뜨개질감을 집어줘."

두 사람은 무엇이 "절대"인지 이미 까맣게 잊었다.

8

버넬 가의 뒷문이 쾅 하고 닫히고 한 화려한 모습이 통로를 통과하여 문으로 갈 때, 햇빛은 정원 가득히 쏟아졌다. 식모인 앨리스였는데, 오후 외출을 위해 차려입은 형상이었다. 그녀는 보는 사람이 몸서리칠 정도로 큼직한 붉은 반점이 요란하게 박힌 흰 무명옷을 입었고 흰 구두에 챙을 양귀비꽃으로 장식한 밀짚모자를 썼다. 물론 장갑도 끼었는데, 흰 장갑으로, 잠그는 부분이 철제 단추여서 그 부위에 녹물이 들었다. 또한 한 손에는 그녀의 표현을 빌자면 "페리샬(파라솔)"이라고 부르는 매우 누추해 보이는 양산을 들었다.

베릴은 창가에 앉아 새로 감은 머리를 부채 바람으로 말리며 저렇게 우스운 형상을 본 적이 없다는 생각을 했다. 앨리스가 외출하기 전에 숯검정으로 얼굴을 까맣게 칠했더라면 정말 더욱 우스운 형상을 창출했을 것이다. 저런 아가씨가 이런 시간에 어디를 가는 걸까? 하트 모양의 피지 섬이 원산인 부채는 경멸하듯 그 아름답고 밝은 모발을 때렸다. 앨리스는 어떤 끔찍스럽고 천박한 무뢰한을 골라잡아 같이 숲속으로 들어가겠지 하고 베릴은 생각했다. 저렇게 눈에 띄는 복장을 하다니 오히려 손해가 돌아갈 텐데……. 저런 복장을 한 앨리스와 으슥한 곳에 은신하려면 무진 애써야 할 것이 아닌가…….

하지만 그렇지도 않았다. 베릴의 판단에 착오가 있었다. 앨리스는 스탑스 부인과 차를 마시러 가는 길이었다. 그 부인은 주문받으러 다니는 소년을 시켜 앨리스를 초대했던 것이다. 앨리스가 스탑스 부인을 그렇게 좋아하게 된 것은 모기약을 사러 처음 그 상점에 갔을 때부터였다.

"어머! 가엾어라!"

스탑스 부인은 그때 자기 손으로 자신의 허리를 치며 말했다.

"이렇게 많이 물린 사람은 보다가도 처음인걸. 마치 식인종들의 공격을 받은 것 같구려."

지금 앨리스는 그래도 길에 사람의 그림자가 좀 있었으면 싶었다. 뒤에 사람이 없다는 것은 야릇한 기분이 들게 했다. 척추의 힘이 사뭇 빠져나가는 기분이었다. 누구도 자기를 보아주지 않는다는 것은 도무지 믿을 수 없었다. 그러나 돌아본다는 것은 어리석은 행위였다. 오히려 웃음거리가 될 것이다. 그녀는 장갑을 고쳐 잡아당기고 헛기침을 하고 나서 저 멀리 서 있는 고무나무에게 "이제 다 왔단다" 하고 말을 던졌다. 그러나 고무나무는 도저히 말상대가 되지 않았다.

스탑스 부인의 상점은 길에서 좀 떨어진 작은 언덕 위에 있었다. 큰 창문 두 개가 바로 그 건물의 눈이며 넓은 테라스는 모자였고 "스탑스 부인 상회"라고 갈겨 쓴 간판은 모자 꼭대기에 멋을 부리듯 꽂은 카드 한 장 같았다.

테라스에는 수영복이 긴 대열을 이루며 걸려 있었는데, 마치 바다에 들어가기를 기다린다기보다 오히려 바다에서 방금 구조되기라도 한 듯 서로 매달려 있었다. 그 곁에는 샌들 한 다발이 걸렸는데, 어찌나 요란하게 섞였는지 한 켤레를 잡으려면 적어도 쉰 켤레를 헤치며 억지로 떼어놓아야 했다. 그렇다손 치더라도 오른쪽 것에 맞는 왼쪽을 찾는 것은 극히 힘든 일일 것이다. 그래서 많은 사람들은 참을성을 잃고 발에 맞는 한 짝을 신고 또 한 짝은 좀 지나치게 헐렁거리는 샌들이라도 신고 나갔다. 스탑스 부인은 모든 품목을 조금씩 상점에 비치한 것에 자부심을 느꼈다. 두 창문이 있는 곳에는 아슬아슬한 피라미드 모양으로 물건이 꽉 차 있었는데, 어찌나 높이 쌓였는지 마술사가 아니고서는 그것이 쓰러지는 것을 방지하지 못할 정도였다. 한 창문의 왼쪽 구석에는 마름모꼴로 된 젤라틴 지(紙) 네 장으로 유리에 붙여둔 공고문이 있었다. 이것은 아득한 옛날부터 거기에 있었다.

분실공고! 아름다운 금 브로치
순금
바닷가 아니면 근처
후히 사례함.

앨리스는 문을 밀어 열었다. 종이 땡그랑 하고 울리더니 빨간 서지 천으로 된 커튼이 열리면서 스탑스 부인이 나타났다. 벙실벙실 웃는 표정과 손에는 긴 식칼을 든 모습이 흡사 친절한 산적 같았다. 너무나 다정한 환영을 받은지라 앨리스는 "예의범절"을 어떻게 지킬지 모를 정도였다. 그래서 연방 가벼운 기침과 헛기침을 연발하고 장갑을 잡아당기고 스커트를 추키기도 하느라 자기 앞에 무엇이 놓였는지도 몰랐고 무슨 말을 상대방이 하는지도 도무지 알 수 없었다.

응접실 탁자 위에는 홍차가 놓여 있었다 — 햄과 정어리와 1파운드짜리 버터가 통째로 있었고 게다가 어떤 베이킹파우더의 광고에 나오는 것 같은 커다란 옥수수 분말로 만든 케이크가 놓여 있었다. 그러나 휘발유 스토브가 어찌나 요란하게 우르릉거리는지 그 소음보다 큰 소리로 이야기하려 해도 쓸데없는 일이었다. 스탑스 부인이 스토브의 불길을 더욱 키우는 동안 앨리스는 등의자의 끝머리에 앉았다. 갑자기 스탑스 부인은 한 의자의 깔개를 걷더니 그 밑에서 큼직한 갈색 종이 봉투를 내보였다.

"나 이번에 새로 사진 몇 장 찍었어. 이 사진 어때?"

그녀는 앨리스에게 명랑한 목소리로 소리쳤다.

앨리스는 우아하고 세련된 거동으로 손가락에 침을 칠하고 나서 첫 번째 사진을 덮은 박지(薄紙)를 젖혔다. 아휴! 웬 사진이 이렇게 많을까? 적어도 서른여섯 장은 되고도 남았다. 그래서 그녀는 손에 든 사진들을 광선 쪽으로 향하여 들어올렸다. 사진 속의 스탑스 부인은 안락의자에 앉아 있었는데, 한쪽 구석으로 기댄 자세였다. 그녀의 커다란 얼굴에는 약간 놀란 표정이 어렸는데, 그것은 당연했다. 그것도 그럴 것이 그 안락의자는 양탄자 위에 놓였지만 그 왼쪽, 그러니까 양탄자의 가장자리와 기적적으로 맞닿는 곳에는 힘찬 물줄기가 쏟아지는 폭포가 있었기 때문이다. 그녀의 오른쪽에는 어느 쪽을 보아도 거대한 양치식물이 조각된 그리스풍의 원기둥이 서 있었고, 배경에는 흰 눈을 머리에 인 무시무시한 산이 있었다.

"좋은 사진이지?" 하고 스탑스 부인이 큰 소리로 말하고 앨리스도 큰 소리로 "멋있어요" 하고 말했을 때 휘발유 스토브에서 나던 요란한 꿍음이 약해지더니 쉭 하고 멈췄다. 그러자 겁나는 고요함이 엄습한 가운데 "아름답군요" 하고 앨리스가 말했다.

"자, 의자를 당겨요."

스탑스 부인은 차를 따르면서 말했다.

"저 말야."

차를 건네주면서 부인은 무슨 깊은 생각을 하듯 말했다.

"나는 그 크기에는 관심이 없어. 이제 확대할 참이니까. 이건 크리스마스 카드로는 알맞지만 난 작은 사진은 질색이야. 난 이 사진들이 잘 되었다고 생각지 않아. 사실 말이지 난 좀 실망한 사진들이야."

앨리스는 상대방이 말하는 의도를 확실히 이해했다.

"크기 말야."

스탑스 부인이 말했다.

"큰 것이 좋아. 그건 우리 죽은 남편이 늘 말하던 거야. 우리 남편은 작은 것은 무엇이나 참지 못했다니까. 뱀을 만지는 것처럼 싫어했다니까."

여기까지 말하던 스탑스 부인은 의자에서 삐걱 하는 소리가 나도록 몸을 추스르고는 추어을 향해 몸을 팽창시키려는 거동을 연출했다.

"결국 남편을 죽게 한 것은 수종이란 병이었어. 병원에서 그의 몸뚱이에서 한 말 반을 뽑아냈지······. 결국 하늘의 심판이었던 모양이야."

앨리스는 그에게서 뽑아낸 것이 무엇인지 알고 싶었다. 그래서 "그게 물이었군요" 하고 그녀는 감히 입을 열었다.

그러나 스탑스 부인은 앨리스를 빤히 바라보며 의미심장하게 대답했다.

"그건 액체였어."

액체! 앨리스는 마치 고양이처럼 그 단어에서 뛰어 달아났다가 냄새 맡으며 조심조심 그 단어로 다시 돌아왔다.

"저기 있는 사람이 우리 남편이야."

스탑스 부인은 그렇게 말하고는 실물 크기의 머리와 어깨를 가진 건장한 남자의 사진을 극적으로 가리켰다. 그 남자의 저고리 단춧구멍에는 죽은 흰 장미꽃이 꽂혀 있었지만 그것은 냉랭한 양의 비계가 굳어서 오그라든 형상을 상기시킬 뿐이었다. 그 바로 밑, 붉은 마분지 바탕에는 은박의 글자로 "겁내지 말라. 나다"(《마태복음》 14장 27절)라고 적혀 있었다.

"정말 잘생긴 얼굴이군요."

앨리스가 힘없는 목소리로 말했다.

스탑스 부인의 굽슬굽슬한 금발머리 꼭대기에 달린 연한 미색 리본이 떨렸다. 그녀는 포동포동한 목을 숙였다. 정말 멋있는 목이었다. 그녀의 목은 시작되는 부위는 밝은 분홍색이었고 차츰 그 빛깔은 훈훈한 살구빛으로 변해가다가 다시 갈색 계란빛으로 바래더니 다시 진한 크림색으로 변했다.

"여하튼, 뭐니 뭐니 해도 자유가 제일이야!"

그 부인은 갑자기 말했다. 그녀의 부드럽고 기름진, 키득거리는 웃음은 무엇이 구르는 소리처럼 들렸다.

"자유가 제일이야."

스탑스 부인은 다시 그 말을 반복했다.

자유! 앨리스도 바보 같은 큰 소리로 잠시 키득거렸다. 그녀는 공연히 머쓱했다. 그녀의 마음은 자신의 부엌으로 줄달음쳤다. 이 얼마나 미묘한 일인가! 그녀는 다시 부엌으로 돌아가고 싶었다.

9

차를 마신 후 버넬 가의 세탁실에는 묘한 집단이 모였다. 탁자를 가운데로 하고 그 주변에는 황소, 수탉, 자신이 당나귀임을 망각한 당나귀, 양, 그리고 벌이 앉아 있었다. 세탁실은 이러한 집회를 위해서는 완벽한 장소였다. 그들은 마음껏 요란을 떨 수 있었고 누구도 방해하러 오는 사람이 없었기 때문이었다. 이곳은 방갈로에서 외따로 서 있는 작은 양철집이었다. 깊은 수통이 벽에 기대어 서 있고 구석에는 세탁용 구리 솥이 있고 그 위로는 세탁물 집게가 든 바구니가 올라앉았다. 거미줄투성이 작은 창문의 먼지투성이 창턱에 초 한 가락과 쥐덫이 놓여 있었다. 머리 위로는 십 자로 교차된 빨랫줄이 있고 벽에 박힌 나무 못에는 유난히 큰 녹슨 말편자가 걸려 있었다. 탁자는 한가운데 있었고 양편에는 걸터앉는 긴 의자가 있었다.

"케지어, 넌 벌이 될 수 없어. 벌은 동물이 아냐. 곤충이야."

"하지만 난 벌이 되고 싶은걸."

케지어는 울음 섞인 소리로 말했다……. 작은 벌, 다리에 줄이 있는 벌, 노란 잔털로 완전히 덮인 벌이 되고 싶었다. 그녀는 양다리를 밑으로 내리고 몸을 탁자 위에 기댔다. 그녀는 자신이 벌이 된 기분이었다.

"곤충도 동물도 다를 것 없어. 그것은 소리를 내거든. 물고기와는 달라."

케지어는 단호한 어조로 말했다.

"나는 황소야. 나는 황소란 말야!"

피프가 외쳤다. 그러고는 무섭게 고함을 질렀다 ― 저런 소리를 어떻게 내는 것일까? 그리하여 로티는 매우 놀랐다.

"나는 양이 될 테다. 많은 양이 오늘 아침 지나갔거든."

어린 래그스가 말했다.

"너 어떻게 아니?"

"아빠가 들었대. 메메!"

래그스의 울음소리는 마치 뒤에 쳐져서 아장아장 따라가며 안아서 옮겨주기를 기다리는 어린 양 같았다.

"*꼬꼬!*"

이사벨이 금속성을 발했다. 빨간 볼하며 반짝이는 눈하며 그녀는 정말 수탉 같았다.

"나는 뭐 하지?"

로티가 좌중에게 물었다. 그러고는 그들이 그녀의 몫을 정해주기를 기다리며 웃음을 지었다. 보나마나 쉬운 역할이어야 했다.

"로티, 너는 당나귀를 해. 히힝 하면 돼. 잊지 마."

케지어가 제안했다.

"히히! 언제 그렇게 소리 지르는 거지?"

로티가 엄숙하게 말했다.

"내가 설명할게, 내가."

황소가 말했다. 트럼프의 카드를 가진 것이 바로 그였다. 그는 카드를 머리 위에서 원을 그리며 흔들었다.

"자, 모두 조용히 해라. 다들 들어!"

황소는 조용해지기를 기다렸다.

"로티야, 여기 봐."

그는 카드 한 장을 밑에서 잡아냈다.

"여기에 두 점이 있지? 이 카드를 한가운데 두고 누군가가 똑같은 두 점이 있는 카드를 받으면 그때 네가 히힝 하는 거야. 그러면 그 카드는 네 것이 돼."

"내 것이라고? 가져도 되는 거야?"

로티의 눈이 휘둥그레졌다.

"바보! 게임을 하는 동안만 네 것이라니까. 우리가 카드놀이 하는 동안만 네 거야."

황소는 로티 때문에 화가 났다.

"로티, 넌 정말 바보로구나!"

으스대는 수탉이 말했다.

로티는 두 아이를 번갈아 바라보았다. 그러고는 고개를 숙였다. 그녀의 입술이 떨렸다.

"나 놀기 싫어."

로티가 중얼거렸다.

다른 아이들은 모두 공모자들처럼 서로를 바라보았다. 그것이 무슨 의미인지 모두가 알았다. 그녀는 거기서 나갈 것이고 그러고는 모퉁이나 벽에 기대서거나 심지어 의자 뒤에 숨어, 앞치마를 머리에 뒤집어쓴 모습으로 발견될 것이라는 사실을 알았다.

"로티, 너도 해. 아주 쉬워."

케지어가 말했다.

그러자 이사벨도 회개하고 어른처럼 말했다.

"로티, 나 하는 걸 봐. 그러면 금방 배울 거야."

"로티, 힘내."

피프가 말했다.

"내가 잘해줄게. 제일 먼저 나오는 것을 네게 줄게. 실은 그건 내 것이야. 하지만 내가 네게 주는 거야. 자 받아."

그러고는 카드 뭉치를 로티의 앞에다 쾅 하고 놓았다.

로티는 그래서 원기를 되찾았다. 그러나 그녀에겐 또 하나의 문제가 일어났다.

"나 손수건이 없어. 꼭 있어야 하는데……."

로티가 말했다.

"자, 여기 있다. 내 것 써."

래그스가 수병들이 입는 저고리를 뒤져 양쪽으로 잡아맨, 젖은 듯 보이는 손수건을 꺼냈다.

"조심해. 저 구석만 사용해. 그거 풀어지게 하면 안 돼. 그 안에 작은 불가사리가 있어. 내가 한번 길러볼 참이야."

그는 로티에게 주의를 주었다.

"자, 시작하겠다."

황소가 말했다.

"됐니? 자기 카드를 보면 안 돼. 내가 '시작' 하고 말할 때까지 손을 탁자 밑에 둬."

트럼프 카드는 탁탁 하는 소리를 내며 탁자 위를 돌며 분배되었다. 그들은 열심히 보려고 애썼지만 피프의 동작은 너무나 빨라서 볼 수 없었다. 세탁실에 앉아 있다는 것은 정말 신나는 일이었다. 피프가 다 나눌 때까지 그들은 동물의 합창을 터뜨리지 않기만 하면 족했다.

"자, 로티야, 너부터야."

자신 없이 로티는 손을 내밀어 자기 몫의 카드 맨 윗장을 잡아 자세히 보았다. 그녀가 점을 계산하는 것은 확실했다. 그녀는 다시 내려놓았다.

"그러면 안 돼. 네가 먼저 보면 안 돼. 그것을 보지 말고 뒤집어야 해."

"그렇게 하면 모두가 나하고 같이 볼 것 아냐?"

로티가 말했다.

게임은 계속되었다. 음메에! 황소의 소리는 무서웠다. 그는 탁자 위로 돌진하여 카드를 모두 먹어버릴 것 같았다.

윙윙! 벌이 울었다.

꼬꼬! 이사벨은 흥분하여 일어서서 팔꿈치를 날개처럼 움직였다.

메메! 작은 래그스는 다이아몬드의 킹을 내려놓았고 로티는 "스페인의 킹(스페이드의 킹)"이라고 그들이 부르는 카드를 내려놓았다.

그녀에겐 카드가 거의 남지 않았다.

"로티, 너는 왜 소리 지르지 않니?"

"내가 뭐였는지 잊어먹었어."

당나귀는 서글프게 말했다.

"그러면 바꿔라. 개로 해. 멍멍! 알겠지?"

"응, 알았어. 그것이 훨씬 쉬워!"

로티는 다시 웃음지었다.

그러나 로티와 케지어가 같은 패를 갖게 되었을 때 케지어는 일부러 기다려보았다. 다른 아이들이 로티에게 신호를 보내며 지적했다. 로티의 얼굴이 홍당무로 변했다. 그녀는 당황한 표정이었다. 그러나 마침내 "히-호! 케지어" 하고 소리쳤다.

그들이 게임에 열중하고 있을 때 황소가 손을 들면서 그들을 중지시켰다.

"쉬! 조용해! 저게 뭐지? 저게 무슨 소리지?"

"무슨 소리라니? 무슨 뜻이니?"

수탉이 물었다.

"쉬! 조용히! 들어봐!"

그들은 쥐처럼 숨을 죽였다.

"노크 소리 같은 걸 들은 것 같아."

황소가 말했다.

"무슨 소리 같았니?"

양이 조용한 소리로 물었다.

아무 대답이 없었다.

벌은 몸을 떨었다.

"왜 문을 꼭 닫았지?"

그녀가 조용조용히 말했다. 정말 왜 그들은 문을 잠갔을까? 왜?

그들이 이렇게 노는 동안 날은 저물었다. 찬란한 석양이 불타다가 꺼졌다. 그리고 이제 날쌘 어둠이 바다 위를 달려와서 모래언덕을 넘더니 목장으로 올라왔다. 세탁실의 모퉁이를 보면 놀랄 것이다. 그러나 열심히 봐야 한다. 그런데 어딘가 멀리에서 할머니가 램프에 불을 댕겼다. 덧창이 내려졌고 부엌에 피운 불은 벽난로 위에 있는 양철 판에 반사되어 춤추었다.

"거미가 천장에서 탁자로 떨어진다면 무서울 거야. 그치?"

황소가 말했다.

"거미는 천장에서 떨어지지 않아."

"아냐, 떨어져. 우리 집 민이 그러는데, 구스베리처럼 긴 털이 나고 접시만 한 거미를 보았대."

재빨리 이들 작은 머리들은 위로 향했다. 그들 작은 몸뚱이는 가까이 모이더니 서로 밀착되었다.

"왜 누가 와서 우리를 부르지 않지?"

수탉이 소리를 질렀다.

아! 램프 불빛 속에 앉아 웃으며 안락하게 찻잔을 들고 차를 마시는 저 어른들! 어른들은 그들을 까맣게 잊어버린 것이다. 아니, 정말 잊은 것은 아니다. 그들의 웃음이 그것을 의미했다. 어른들은 그들을 그런 곳에 좋을 대로 남겨두기로 결심한 것이다.

갑자기 로티가 어찌나 큰 소리로 고함쳤던지 모두는 의자에서 뛰어 일어났고 다시 그들도 고함쳤다.

"얼굴! 얼굴이 하나 여기를 보고 있어!"

로티가 외쳤다.

그것은 사실이었다. 거짓이 아니었다. 창백한 얼굴, 검은 눈, 검은 수염이 창유리에 밀착되어 있었다.

"할머니! 엄마! 누군가가 왔다!"

그러나 서로 엎치락뒤치락하며 아무도 문으로 가지 않는 동안, 그 문이 열리더니 조너선 아저씨가 들어왔다. 그는 어린것들을 데리러 왔던 것이다.

10

조너선은 훨씬 전에 그곳에 갈 예정이었다. 그러나 앞 정원에서 풀밭을 이리저리 왔다 갔다 하다가 발을 멈춰서 죽은 석죽을 따버리고 머리가 무거운 카네이션에게 받침대를 세워주고 어떤 식물의 향기를 깊은 호흡으로 냄새 맡기도 하고 다시 초연한 자세로 걸음을 계속하는 린다와 마주친 터였다. 흰 상의를 입은 데다 중국인 상점에서 산, 핑크색 장식이 둘린 노란 숄을 두르고 있었다.

"조너선, 웬일이야?"

린다가 소리쳤다. 그러자 조너선은 초라한 파나마 모자를 벗어서 가슴에 가져다 대고 한쪽 무릎을 꿇고 린다의 손에 키스했다.

"아름다운 마님, 인사를 받으십시오. 저의 천도화(天桃花)여, 인사를 드립니다! 다른 귀부인들은 어디에 계십니까?"

저음의 굵은 목소리는 부드럽게 말했다.

"베릴은 브리지 하러 나가고 어머님은 아기에게 목욕을 시키고 계셔……. 뭐 빌리러 온 거야?"

트라우트 가는 1년 내내 떨어지는 것이 많아서 막바지에 이르면 버넬 가를 찾기 일쑤였다.

그러나 조녀선은 "한줌의 사랑이나 친절이면 됩니다" 하고 말할 뿐 고종사촌 누나의 곁에 붙어 걸었다.

린다는 베릴의 마누카나무 밑 그물의자에 앉았고 조녀선은 그녀 곁의 풀밭에 다리를 뻗고 앉아 긴 풀줄기를 뜯어 질겅질겅 씹기 시작했다. 그들은 서로 잘 아는 사이였다. 어린아이들의 목소리가 다른 정원에서 요란하게 울렸고 멀리서 개 짖는 소리가 들렸다. 마치 개의 머리에 자루를 씌운 것처럼 폐쇄된 소리였다. 귀를 기울이면 밀물로 부푼 바다가 조약돌을 씻느라 사각사각 소리를 내는 걸 감지했을 것이다. 태양은 침몰하고 있었다.

"그래, 이번 월요일에는 회사로 되돌아가겠군?"

린다가 물었다.

"월요일에 조롱의 문이 열렸다가 찰칵 하고 닫히면 앞으로 11개월하고 1주간은 감금 생활을 하는 신세가 되는 거지요."

조녀선은 대답했다.

린다는 그물의자를 약간 흔들었다.

"지겹겠어."

그녀는 서서히 말했다.

"아름다우신 누님! 제가 웃어야 할까요? 울어야 할까요?"

린다는 이런 식으로 자기를 부르는 조녀선의 말투에 길이 들었기 때문에 그런 말투에는 전혀 신경을 쓰지 않았다.

"그런 일은 말이야, 곧 습관이 들게 마련이지. 사람은 무슨 일에나 습관이 드는 법이니까."

린다는 애매하게 말했다.

"그래요? 흠……."

그 "흠" 하는 소리는 어찌나 저음인지 마치 땅 밑에서 울려나오는 것 같았다.

"도대체 어째서 그렇게 되는지 난 신기하게 생각해요. 난 절대로 그렇게 되지 않으니 말입니다."

조너선은 명상하는 어조로 말했다.

그곳에 누운 그를 보면서 린다는 참 매력 있는 남자라고 생각했다. 그는 일개 사무원에 불과하고 스탠리는 이 사람보다 두 배의 수입이 있다는 것을 생각할 때 이상한 기분이 들었다. 조너선에게서 잘못된 점은 무엇일까? 그에겐 야심이 없었다. 그것이 문제라고 그녀는 생각했다. 그러나 사람들은 그가 재능이 있고 비범하다고 느꼈다. 그는 음악을 정열적으로 좋아했다. 그가 가진 여유 있는 돈은 주로 책을 사는 데 쓰였다. 그는 항상 새로운 착상과 고안과 계획으로 가득 차 있었다. 그러나 그런 것에서 아무것도 나오지 않았다. 새로운 불길이 조너선의 내부에서 불타올랐다. 그가 새로운 것을 설명하고 묘사하고 자세한 의견을 말할 때 상대방은 그 불길이 타는 조용한 소리를 거의 들을 수 있었다. 그러나 잠시 후 그 불길은 꺼지고 다만 재만 남았다. 그러면 조너선은 검은 눈에 기아와 같은 표정을 담고 돌아다니게 된다. 그런 때의 그는 터무니없는 말을 과장하며 자신이 인솔자로 일하는 교회 찬양대에서 노래했다. 그가 어찌나 극적인 열성으로 노래하는지 형편없는 찬송가조차도 성스러움은 없지만 찬란한 광채를 띠게 되었다.

"월요일엔 회사로 돌아가야 하다니 정말 바보 같아요. 정말 지옥 같아요. 항상 그랬고 앞으로도 영원히 그래야 하다니. 일생에서 가장 좋은 시기를 오전 9시부터 오후 5시까지 의자에 앉아 다른 사람의 장부를 긁적거리는 데 소모하다니! 자신의 하나밖에 없는 인생을 사용하는 방법치고는 참으로 기이한 방법이지요. 안 그래요? 아니면 나는 나약한 몽상가일까요?"

조녀선은 그렇게 말하고 풀밭에서 몸을 굴려 린다를 쳐다보았다.

"나의 생활이 일반 죄수의 생활과 무엇이 다른지 말씀해보세요. 내가 아는 유일한 차이는 내 쪽에서는 스스로 감옥에 들어갔고 아무도 그곳에서 꺼내주려 하지 않는다는 것입니다. 그것이 죄수의 경우보다 더 참을 수 없는 일입니다. 혹시 내가 강제로 내 의사에 반하여 발버둥치며 감옥 속으로 밀려들어갔고 감옥 문이 닫혔다면 ─ 아니면 5년이나 그 이상 동안 갇혀 있다면 나는 그 사실을 감수하고, 그곳에 날아다니는 파리의 비행에 관심을 갖기도 하고 복도를 걸어가는 간수의 발자국 수를 헤아리기도 하고 그 걸음걸이가 여러 가지로 변하는 것에 각별한 주의를 기울이기도 할 것입니다. 그러나 현재의 나는 자발적으로 방에 날아든 곤충과 흡사합니다. 나는 벽에 부딪히고 창에 부딪히고 천장을 받기도 하면서 밖으로 날아 나가는 것을 제외한 세상의 별의별 짓을 다 하는 겁니다. 그러면서도 내내 나방이나 나비나 그 밖의 모든 곤충처럼 '짧은 생애! 짧은 생애!' 하고 생각합니다. 나에겐 단 하룻밤과 낮이 있어요. 하지만 거기에는 광활하고 위험한 정원이 밖에서 기다리는 겁니다. 아직 발견되지 않고 탐험되지 않은 채."

"하지만 그런 기분이 든다면 왜 ─ ."

린다는 재빨리 말을 채뜨렸다.

"아!"

조녀선이 소리쳤다. 그런데 그 "아!"라는 탄성에는 어딘가 희열이 감돌았다.

"그곳이 나의 아픈 곳입니다. 왜냐구요? 정말 왜냐구요? 거기에는 미치게 만들고 불가사의한 의문이 있습니다. 내가 왜 다시 날아나가지 않는가? 내가 그리로 들어간 창이나 문이 있을 것이며 그것은 아직 절망적으로 닫히지는 않았다는 말이겠죠? 왜 그 출구를 찾아나가지 않느냐구요? 그 대답을 가르쳐주십시오, 누님!"

그러나 그는 그녀가 대답할 시간을 주지 않았다.

"여기에서도 나는 곤충과 똑같습니다. 어떤 이유로ー."

조녀선은 단어와 단어 사이에서 중지했다.

"그건 허용되지 않습니다. 그건 금지된 것입니다. 곤충의 법규에 어긋나는 일입니다. 부딪히는 것이나 퍼덕이는 것이나 창유리를 기어다니는 일을 잠시나마 중지하는 것 말입니다. 왜 회사를 그만두지 않느냐구요? 예컨대 바로 이 순간에도 내가 이 자리를 떠나는 것을 막는 것이 무엇인가를 왜 진지하게 생각하지 않느냐구요? 내가 엄청난 사슬로 묶인 것도 아닙니다. 부양할 것이라고는 두 남자애뿐입니다. 하지만 결국 그들은 남자애들입니다. 마음만 먹으면 바다로 나가거나 미개척지로 있는 고원 지대로 가서 직장을 얻을 수 있습니다. 아니면ー."

그는 갑자기 웃음을 지으며 린다를 쳐다보더니 어조를 바꿔서 말했다. 마치 비밀을 털어놓으려는 모습이었다.

"약해…… 약해졌어요. 기력이 없어요. 닻도 없고 이를테면 지표가 되는 원칙이 없는 것이지요."

그러나 그때 어둡고 매끈한 음성이 울려왔다.

이 이야기를 듣고 싶은가
풀려나오는 그대로의 이야기를……

그리하여 그들은 입을 다물었다.

태양은 침몰한 후였다. 서쪽 하늘에는 부서진 장밋빛 구름 덩어리들이 있었다. 넓은 광선 줄기가 구름을 관통하고 다시 온 하늘을 덮으려는 듯이 구름 저편으로 빛을 던졌다. 머리 위의 하늘은 푸르름을 잃었다. 그것은 창백한 금색으로 변했고 그것을 배경으로 윤곽이 지어진 숲은 금속처럼 어둡고 밝게 빛났다. 이따금 이러한 광선의 줄기가 하늘에 나타날 때 그 빛은 매우 무서웠다. 그것을 보는 순간 저 위에 여호와, 진노하시는 하나님, 전능하신 하나님이 앉아 계셔서 그분의 눈이 항상 감시하며 지칠 줄 모르면서 인간을 지켜본다는 것을 상기시켰다. 그러한 하나님이 최후의 심판 날에 오시면 지구 전체는 와르르 붕괴되어 묘지로 변하리란 것을 기억해야 할 것이다. 냉정하고 밝은 천사들이 인간을 이리저리로 몰아갈 것이고 간단히 설명할 수 있는 것에도 설명할 시간이 주어지지 않을 것이다……. 그러나 오늘 밤은 은색 광선 속에 무한히 즐겁고 무한히 다정한 무엇이 담겨 있다는 느낌이 린다를 지배하는 것 같았다. 이제 바다에서 어떠한 소리도 들려오지 않았다. 바다는 저 부드럽고 유쾌한 아름다움을 자신의 가슴속으로 끌어들이려는 듯, 조용히 호흡했다.

"모든 것이 잘못되었어, 모든 것이."

조녀선의 그늘진 음성이 들려왔다.

"장면도 아니고 배경도 아닙니다……. 의자 세 개, 책상 세 개, 잉크병 세 개, 철망으로 된 덧창뿐이니……."

린다는 그가 절대로 변하지 않으리라는 것을 알았지만 "이제 때 늦은 감이 있지 않아?" 하고 말했다.

"난 늙었어요. 난 이제 늙었어."

조녀선이 억양을 높여 말했다. 그는 린다 쪽으로 몸을 굽히고 손으로 자신의 머리를 쓰다듬었다.

"봐요!"

그의 검은 머리에는 온통 은발이 섞여 있었다. 마치 검은 닭의 가슴털 같았다.

린다는 놀랐다. 그가 백발이라는 것을 그녀는 전혀 몰랐다. 그러나 그가 린다 곁에 서서 한숨을 내쉬며 기지개를 켤 때에야 비로소 그녀는 결단력이 없으면 기사답지도 하며 무모하지도 못하며 다만 노티가 들기 시작한 그의 모습을 처음으로 볼 수 있었다. 어두운 색조를 더해가는 풀밭 위에 선 그는 매우 키가 커 보였다. 그때 "저 남자는 잡초 같군!" 하는 생각이 린다의 뇌리를 스쳤다.

조녀선은 다시 몸을 굽혀 그녀의 손가락에 키스했다.

"그대의 다정한 인내에 하늘의 축복이 임하기를! 나는 나의 이름과 재산의 상속자를 찾으러 가봐야겠습니다……."

그는 가버렸다.

11

방갈로의 창들은 불을 밝혔다. 사각의 금 조각 두 개가 석죽과 고개를 쳐든 금작화 위에 떨어졌다. 고양이 플로리는 테라스로 나와 하얀 앞발을 앞에 모으고 꼬리를 말아 올린 채 계단 꼭대기에 앉았다. 고양이는 온종일 이 순간을 기다렸다는 듯 만족한 표정을 지었다.

"고맙기도 하지. 밤이 오지 않는가! 고맙기도 하지. 긴 하루가 끝났지 뭐야."

플로리가 말했다. 고양이의 파란 오얏빛 눈이 열렸다.

이윽고 합승마차가 덜거덕거리는 소리가 들렸고 켈리가 회초리를 휘두르는 소리가 들렸다. 도시에서 돌아오는 사람들이 큰 소리로 이야기하는 소리가 들릴 정도로 마차는 가까이 왔다. 마차는 버넬 가의 문 앞에서 정지했다.

스탠리는 정원의 통로를 반쯤 올라왔을 때 린다를 보았다.

"당신이야?"

"스탠리, 저예요."

그는 꽃밭을 껑충 뛰어 넘어가서 그녀를 팔에 안았다. 그녀는 이제 숙달된 그 열렬하고 강한 포옹 속에 감겼다.

"용서해, 여보. 용서해줘."

스탠리는 더듬거렸다. 그러고는 손을 그녀의 턱 밑으로 가져가서 그녀의 얼굴을 자신의 얼굴을 향해 들어올렸다.

"용서라니요? 무슨 용서 말씀이시죠?"

린다가 살짝 웃으며 말했다.

"이런! 당신이 잊었을 리가 없는데……. 나는 온종일 그 생각만 했는걸. 아주 잡친 하루였어. 뛰어나와서 전보를 치겠다고 결심했다가 전보보다 내가 먼저 당신에게 도착할지도 모른다는 생각이 떠올랐던 거야. 린다, 나 온종일 괴로웠어."

스탠리 버넬이 외쳤다.

"하지만 여보, 제가 무엇을 용서해야 하나요?"

린다가 말했다.

"린다!"

스탠리는 몹시 기분이 상했다.

"당신 모르고 있었어? 알 텐데 — 오늘 아침 내가 다녀오겠다는 인사를 하지 않았잖아? 내가 그런 짓을 어떻게 할 수 있었는지 상상할 수도 없어. 물론 나의 허둥대는 기질 탓이었겠지…… 하지만, 저 — ."

그는 한숨을 몰아쉬고 다시 그녀를 팔에 안았다.

"나는 그것 때문에 무척 괴로웠어."

"손에 들고 계신 것이 뭐지요? 새 장갑? 어디 봐요."

린다가 말했다.

"오! 부드러운 가죽장갑인데, 그냥 싸구려야."

스탠리는 겸허하게 말했다.

"오늘 아침 보니까 마차 속에서 벨이 이런 것을 끼고 있더군. 그래서 상점 앞을 지나다가 급히 들어가서 직접 샀던 거야. 왜 그리 웃기만 하지? 내가 잘못이라도 했나?"

"아니, 그 반대예요. 아주 적절하다고 생각해요."

린다가 말했다.

그녀는 크고 연한 색 장갑 한 짝을 손에 끼고 이리저리 젖히며 관찰했다. 그녀는 여전히 웃음을 띠고 있었다.

스탠리는 "이걸 사는 동안 내내 당신 생각을 했어" 하고 말하고 싶었다. 그건 사실이었다. 그러나 어찌 된 영문인지 그는 그 말을 삼켜버렸다. "자, 들어가지" 하고 말했을 뿐이다.

12

밤이 되면 인간은 어째서 이렇게 다른 기분이 드는 것일까? 모든 사람이 자는 시각에 깨어 있다는 것은 왜 이다지도 마음을 설레게 하는 것일까? 늦은 시간이다. 아주 늦은 시간이다! 그러나 시시각각으로, 숨을 한 번 쉴 때마다 서서히 새롭고 신비하고, 낮의 세계보다 훨씬 짜릿하고 신나는 세계로 말똥말똥하게 들어가기라도 하듯, 점점 더 정신이 맑아짐을 느낀다. 자신도 공모자라는 이 묘한 감정은 도대체 무엇일까? 경쾌하게 그리고 은밀하게 우리는 우리의 방을 걸어 다닌다. 우리는 화장대에서 무엇인가를 집어 올렸다가 가만히 다시 내려놓는다. 그리하여 모든 것이, 심지어 침대의 기둥까지 우리를 알고 반응하며 우리의 비밀을 같이 나눈다……

우리는 낮 시간에는 우리의 방을 그다지 좋아하지 않는다. 우리는 결코 그것을 생각하지도 않는다. 우리는 드나든다. 문은 열리고 닫힌다. 찬장은 삐걱거린다. 우리는 침대 곁에 걸터앉아 구두를 바꿔 신고 다시 쏜살같이 나간다. 거울 속으로 다이빙했다가 머리에 핀을 두 개 꽂고 콧잔등에 분을 두드리고 다시 떠난다. 그러나 지금 이 시각 — 방은 우리에게 갑자기 친근한 것이 된다. 그것은 귀엽고 작은 재미있는 방이다. 오! 물건을 소유한다는 것은 얼마나 큰 기쁨인가! 나의 것 ─ 나 자신의 것!

"영원히 내 거지?"

"네."

그들의 입술이 접합되었다.

아니, 물론 이것은 그것과 하등의 관계도 없는 일이었다. 모두 바보스럽고 쓸데없는 망상이었다. 그러나 자신도 모르게 베릴은 두 인간이 방 한가운데 서 있는 것을 명확히 보았다. 그녀의 팔은 남자의 목을 감아 안았다. 남자도 그녀의 목을 감아 안았다. 이제 그가 속삭였다.

"나의 아름다운 천사! 나의 귀여운 것!"

그녀는 침대에서 뛰어나와 창가로 가서 창턱에 팔꿈치를 고이고 창가 의자에 무릎 꿇고 앉았다. 그런데 아름다운 밤, 정원, 모든 숲, 나뭇잎 하나하나, 심지어 하얀 철책, 별들까지도 역시 공모자였다. 달이 어찌나 밝은지 꽃들은 대낮처럼 빛났다. 금작화의 우아한 백합 같은 잎사귀와 활짝 핀 꽃의 그림자가 은색 테라스를 가로질러 드리워졌다. 남풍을 받으며 기울어진 마누카나무는 한 다리로 서서 한쪽 날개를 편 새 같았다.

그러나 베릴이 숲을 보았을 때 숲은 그녀에겐 슬퍼하는 모습으로 보였다.

"우리는 말 못 하는 나무입니다. 밤하늘로 솟아오르며 우리도 모르는 것을 찾고 있습니다."

슬픔에 가득 찬 숲이 말했다.

우리가 혼자가 되어 인생을 생각하면 항상 슬퍼지는 것은 사실이다. 저 흥분이라는 것은 모두가 갑자기 우리에게서 떠나버리는 습성을 가진 것이다. 그건 마치 정적 속에서 누군가가 우리의 이름을 불렀는데, 우리는 우리의 이름을 생전 처음 들은 것 같은 기분이 드는 경우와 흡사하다. "베릴!" 하고 말이다.

"네, 저 여기 있어요. 제가 베릴입니다. 저를 원하는 게 누구세요?"

"베릴!"

"지금 가요."

혼자서 산다는 것은 외로운 일이다. 물론 친척이니 친구들은 수없이 많다. 그러나 그녀가 생각하는 것은 그런 것이 아니다. 그런 부류의 누구도 알지 못하는 베릴을 발견해줄 어떤 인간, 항상 그녀가 베릴로 남기를 기대하는 어떤 인간이 그녀에겐 아쉬웠다. 그녀는 애인을 원하는 것이다.

"다른 인간들에게서 나를 데려가줘요. 우리 멀리 떠나버려요. 우리 처음부터 새롭게 우리의 삶을 살기로 해요. 아주 우리의 삶을 말예요. 우리의 불을 지펴요. 우리는 같이 앉아서 같이 식사해요. 밤에는 길고 긴 이야기를 나눠요."

그런데 그러한 생각은 "여보, 나를 구해줘요. 나를 구해줘요!"라는 부르짖음이나 다를 바 없었다.

…… "제발! 바보 같은 소리 마. 숙녀인 척하지 마. 젊었을 때 즐기라고! 그게 내 충고야."

여기서 바보스런 웃음의 고음이 해리 켐버 부인의 크고 무관심한 말 울음과 합쳤다.

사람에게 상대가 없을 때 일이 극히 어렵다는 이야기다. 우리는 사물에 지배되기 쉽다. 그냥 대단해질 수도 없다. 이 피서지의 다른 얼간이들처럼 미숙하고 답답하게 보이지나 않을까 하는 그런 공포에 사로잡히는 법이다. 그런데 우리가 타인들에게 미칠 힘이 있다는 인식은 매혹적인 것이다. 그렇다. 그것은 정말 매혹적인 것이다.

오, 그런데 왜, 왜 "그분"은 빨리 나타나지 않는 것일까?

내가 여기에서 계속 산다면 나에게 무슨 일이 일어나고 말 거야 하고 베릴은 생각했다.

"하지만 그가 올지 네가 어떻게 아니?"

그녀 내부의 음성이 잔잔하게 조소했다.

그러나 베릴은 그 내면의 소리를 무시했다. 그녀는 혼자 남을 수 없었다. 어쩌면 다른 사람들은 그런 신세가 될지 모른다. 그러나 그녀는 그렇지 않을 것이다. 그 아름답고 매력적인 소녀, 베릴 페어필드가 결혼을 못 한다고 생각하기란 불가능했다.

"베릴 페어필드를 기억하나?"

"기억하느냐고? 내가 그녀를 잊을 수 있을 것 같은가? 그녀를 본 것은 어느 여름 그 피서지에서였지. 그녀는 하늘색 수영복을 입고 바닷가에 서 있었어." ─ 아니, 핑크빛이었지 ─ "모슬린 상의를 입고 큼직한 크림색" ─ 아니지, 검은색이었지 ─ "밀짚모자를 들고 있었어. 하지만 그건 오래전 일이야."

"그녀는 지금도 아름다워. 분명히 전보다 더 아름답더군."

베릴은 웃음을 지으며 입술을 깨물고 정원을 내려다보았다. 정원을 응시하는 동안 어느 남자의 모습이 한길을 이탈하여 목장의 철책을 따라 전진하여 마치 그녀를 향해 곧장 다가오는 것 같았다. 베릴의 심장이 뛰었다. 누구일까? 도대체 누구일까? 밤도둑일 리

없다. 확실히 도둑놈은 아니었다. 다시 말해서 그 사람은 담배를 피우며 경쾌하게 활보했던 것이다. 베릴의 심장은 뛰었다. 그녀의 심장은 완전히 뒤집혔다가 다시 정지하는 것 같았다. 그 남자가 누구인지 알아차렸기 때문이었다.

"베릴 양, 안녕하십니까?"

그 목소리가 부드럽게 말했다.

"안녕하세요?"

"잠깐 같이 산책하지 않으시렵니까?"

그 목소리는 길게 늘어졌다.

산책하러 나간다고 ― 이 밤중에!

"안 돼요. 모두 잠자리에 들었어요. 모두 잠들어 있어요."

"저런!"

그 목소리는 경쾌하게 말했다. 그러자 구수한 담배 연기의 꼬리가 그녀에게 다다랐다.

"다른 사람들이 무슨 상관있습니까? 오세요. 아주 아름다운 밤인 걸요. 주위에는 개미새끼 한 마리 없습니다."

베릴은 고개를 저었다. 그러나 이미 그녀의 내부에서는 무엇인가가 꿈틀거리고 있었다. 무엇인가가 고개를 쳐들었다.

그 목소리가 말했다.

"무서우세요? 가엾은 아가씨!"

그 목소리는 조롱했다.

"전혀 무섭지 않아요."

그녀가 말했다. 그렇게 말하자 내부에 도사렸던 그 허약한 것이 똬리를 풀며 갑자기 강해지기 시작하는 것 같았다. 그녀는 산책을 가고 싶었다.

이 사실을 완전히 알아차린 것처럼 그 목소리는 온화하고 부드러우면서도 동시에 단호하게 "자, 나와요!" 하고 말했다.

베릴은 낮은 창문을 넘어 테라스를 횡단하여 풀밭을 달려 문으로 갔다. 그 남자는 그곳 그녀 눈앞에 있었다.

"그래야지. 무섭지 않아요? 무섭지 않지요?"

그 목소리가 조용조용히 흘러나오며 그녀를 놀리는 것 같았다.

그녀는 무서웠다. 막상 여기에 나와 보니 겁이 났다. 또한 모든 것이 달라진 것 같았다. 달빛이 응시하며 번득였다. 사물의 그림자들은 철봉과도 같았다. 그녀의 손이 잡혔다.

"조금도 무섭지 않아요. 도대체 뭐가 무섭겠어요."

그녀는 경쾌하게 말했다.

그녀의 손은 부드럽게 끌려가다가 갑자기 힘이 들어갔다. 그녀는 뒤로 물러났다.

"안 돼요. 여기에서 더는 가지 않겠어요."

베릴이 말했다.

"무슨 말을 하는 거야! 바보!"

해리 켐버는 그녀의 말을 믿지 않았다.

"자, 와요! 저기 수령초 덤불까지 갑시다. 자, 따라와요!"

수령초는 키가 컸다. 그것들은 소나기를 맞아 담 위로 쓰러져 있었다. 그 밑으로 어두운 은신처가 조금 있었다.

"안 돼요. 정말 나는 가기 싫어요."

베릴이 말했다.

잠시 동안 해리 켐버는 응답이 없었다. 다음 순간 그는 그녀에게 가까이 와서 그녀를 향하더니 웃음을 지으며 급히 말했다.

"바보같이 그러지 말아요. 바보짓 하지 말아요!"

그의 웃음은 그녀로서는 전에 본 적이 없는 어떤 것이었다. 그가 취했을까? 그 밝고 맹목적이고 겁나는 웃음은 그녀를 공포심으로 얼어붙게 만들었다. 너는 무얼 하는 거냐? 너는 어떻게 여기 온 거냐? 엄격한 정원이 그녀에게 이렇게 물을 때 그녀는 문을 밀어 열었다. 그러자 고양이처럼 날쌔게 해리 켐버는 그 문으로 들어와 그녀를 다시 잡아챘다.

"냉정한 여자로군! 냉정한 계집애로군!"

그 증오에 찬 목소리가 말했다.

그러나 베릴은 강했다. 그녀는 미끄러지며 몸을 숙여 자유로워졌다.

"당신은 야비해요. 야비해."

그녀가 말했다.

"그렇다면 당신은 무엇 하러 나왔습니까?"

해리 켐버가 더듬었다.

아무도 그의 질문에 답하지 않았다.

작고 맑은 구름이 한 조각 달을 가로질러 흘렀다. 그 어두운 순간 바다는 깊게 괴로워하는 소리를 냈다. 다음 순간 구름은 달을 지나 항해해 가버렸고 바다의 소리는 애매한 종알거림이 되었다. 마치 바다는 어두운 꿈에서 깨어난 것 같았다. 삼라만상이 정적에 잠겼다.

가든 파티

결국 날씨는 이상적이었다. 설령 주문했더라도 가든 파티를 위해 이보다 완벽한 날은 구하지 못했을 것이다. 바람 한 점 없고 포근한 것이 하늘에는 구름 하나 없었다. 다만 하늘의 푸르름은 초여름에 이따금 그렇듯이 엷은 금색 아지랑이로 엷게 덮여 있었다. 정원사는 새벽부터 일어나 잔디를 깎고 쓸어서, 찔레꽃이 있었던 어둡고 평평한 화단마저 반짝반짝 빛나는 것 같았다. 장미꽃은 어떤가 하면, 장미야말로 가든 파티에서 사람들의 마음을 사로잡는 유일한 꽃이며, 사람은 누구나 꼭 알아두어야 할 유일한 꽃이라는 사실을 장미꽃 자신이 안다는 느낌을 갖지 않을 수 없었다. 몇백 송이, 정말 과장 없이 몇백 송이가 단 하룻밤 사이에 피어났던 것이다. 파란 장미꽃 줄기들은 마치 천사장들의 방문을 받은 양 상체를 굽히고 있었다.

아침식사를 마치기도 전에 인부들이 천막을 치러 왔다.

"어머니, 천막을 어디다 쳤으면 좋으시겠어요?"

"얘야, 나에게 물어도 소용없다. 금년은 너희들에게 모든 것을 맡겨놓기로 결심했단다. 내가 너의 어머니라는 것을 잊어버리렴. 각별한 손님으로 대접해다오."

그러나 메그는 가서 인부들을 감독하는 일은 도저히 할 성싶지 않았다. 그녀는 아침을 먹기 전에 머리를 감았기 때문에 머리에 초록색 두건을 쓰고 커피를 마시고 있었다. 그래서 양쪽 볼에는 아직도 젖은 검은 곱슬머리가 늘어져 나왔다. 멋이나 부리는 조스는 늘 비단 페티코트와 기모노풍 재킷을 입고 내려오기 때문에 적격이 아니었다.

"로라, 네가 가야겠다. 너는 예술적인 아가씨니까."

로라는 쏜살같이 날아 나갔다. 버터 바른 빵을 한 조각 손에 든 채였다. 집 밖에서 음식을 먹을 수 있는 구실이 생겼다는 것이 기뻤고 게다가 그녀는 무엇을 준비해야 한다는 것이 좋았다. 자신이 다른 누구보다 일을 훨씬 잘할 수 있다고 늘 느끼던 터였다.

와이셔츠 바람의 남자 넷이 정원의 통로에 모여 있었다. 그들은 둘둘 만 텐트 천이 덮인 장대를 운반했고 등에는 연장이 든 큼직한 가방을 멨다. 그들은 퍽 인상적이었다. 로라는 지금 빵조각을 들고 나오지 말 걸 그랬다는 생각이 들었지만 그것을 놓을 장소도 없었다. 그렇다고 도저히 버릴 수도 없었다. 그녀는 얼굴을 붉히고 그들에게 접근하면서 엄격한 표정에다 좀 근시 같은 표정을 지으려고 애썼다.

"안녕하세요."

그녀는 어머니의 목소리를 흉내내며 말했다. 그러나 그 말이 너무나 가식적인 것으로 들렸기 때문에 와락 부끄러워졌다. 그리하여 다시 어린 소녀처럼 더듬거렸다.

"저, 아저씨들께서는 — 천막 때문에 오셨나요?"

"맞아요, 아가씨."

그 중 제일 키가 크고 깡마른, 주근깨가 난 사람이 말했다. 그는 연장 가방을 고쳐 메고 밀짚모자를 뒤로 젖히고 그녀를 내려다보며 웃음을 지었다.

"천막을 치러 왔어요."

그의 웃음이 어찌나 은근하고 다정한지 로라도 안도감을 되찾았다. 작지만 그의 감색 눈은 정말 멋지다고 그녀는 생각했다. 이제 다른 인부들을 바라보았다. 그들 역시 웃음을 짓고 있었다.

"힘내! 우리는 물지 않을 테니까!" 하고 그들의 웃음이 말하는 것 같았다. 일꾼들이란 얼마나 좋은 인간들인가! 그리고 얼마나 아름다운 아침인가! 아니, 아침이 어쩌고저쩌고 이야기하면 안 된다. 어디까지나 사무적이어야 한다. 천막이나 생각하자.

"저, 백합꽃이 있는 잔디밭 쪽이 어때요? 그곳이면 괜찮지 않을까요?"

그녀는 빵을 들지 않은 손으로 백합꽃을 가리켰다. 인부들은 몸을 돌렸다. 그들은 그 방향을 응시했다. 키가 작고 똥똥한 남자가 아랫입술을 내밀었고 키 큰 남자가 상을 찌푸렸다.

"저곳은 마음에 들지 않아요. 눈에 띄지 않아요. 아시다시피 천막 같은 것을 치면⋯⋯."

그 남자는 구수한 태도로 로라 쪽을 향했다.

"아가씨는 이 천막을 눈에 딱 부딪히는 어떤 곳에 치고 싶으시죠? 제 말씀 알아들으시겠어요?"

로라가 자라며 배운 교육으로 볼 때 그 일꾼이 "눈에 딱 부딪히는"이라는 표현을 쓰는 것이 점잖은 표현인지 어떤지 잠시 분간할 수 없었다. 그러나 그녀는 그 일꾼의 말을 모두 분해할 수 있었다.

"테니스 코트 한구석이 어떨까요? 한쪽 구석에는 밴드가 자리할 거예요."

로라가 제의했다.

"아하, 밴드를 부를 참이군요?"

또 한 사람의 일꾼이 말했다. 그는 얼굴이 창백한 남자였다. 그의 검은 눈이 테니스 코트를 바라보고 섰을 때 그의 표정은 핼쑥했다. 그는 무슨 생각을 하고 있을까?

"아주 작은 밴드예요."

로라가 온화하게 말했다. 밴드가 아주 작다 해도 그 남자는 그다지 신경 쓰지 않을 것이다. 그러나 키 큰 남자가 말을 채뜨렸다.

"아가씨, 여기 봐요. 저곳이 좋겠어요. 저 나무들을 배경으로 하면 좋겠어요. 저곳 말예요. 저곳이면 되겠는 걸요."

카라카스나무를 배경으로 하는 곳이었다. 그러면 카라카스나무들이 가려질 것이다. 넓고 반짝이는 잎사귀와 다닥다닥 달린 노란 과일 덕에 그 나무들은 보기 좋았다. 마치 무인도에서 자란다는 상상을 안겨주는 나무로서 자존심이 있고 고고하며, 무언가 말 없는 장려함을 발산하며 잎과 과일은 태양을 향해 치켜올리고 있었다. 천막 때문에 그 나무들이 가려져야 한단 말인가?

그건 그래야 한다. 이미 일꾼들은 장대를 메고 그 장소로 향했다. 남은 사람은 키 큰 남자뿐이었다. 그는 몸을 굽혀 라벤다의 잔가지를 뜯더니 엄지와 검지를 자기 코에 갖다 대고 냄새를 맡았다. 그러한 거동을 보았을 때 로라는 저렇게 사물을 좋아하는 그 일꾼에 대해 경외감을 느끼느라 카라카스나무에 대해 까맣게 잊었다 ― 라벤다 꽃의 향기를 좋아하다니……. 그녀가 아는 사람치고 몇 명이나 그런 행동을 보였던가? 아, 일꾼들이란 얼마나 좋은 사람들인가 하고 그녀는 생각했다. 함께 춤추고 일요일 저녁식사에 오는 바보 같은 소년들보다 차라리 이들 일꾼들을 친구로 삼지 않았다니! 이런 남자들이라면 더 재미있게 어울릴 수 있을 텐데…….

키 큰 남자가 봉투 뒷면에다 무엇인가 그릴 때, 다시 말해서 밧줄로 옭아놓을 부분이나 그냥 대롱거리게 내버려둘 부분 같은 것을 그릴 때 이 모든 것이 바보 같은 계급적 차별에서 오는 잘못이라고 로라는 결론지었다. 사실 말이지 그녀 쪽에서는 계급의 차별 같은 것을 인식하지 않았다. 전혀…… 털끝만치도 느끼지 않았다. 이제 나무망치가 내는 탕탕 소리가 들려왔다. 어떤 남자는 휘파람을 부는가 하면 어느 남자는 "여보게, 자네 거기서 괜찮은가?" 하고 소리쳤다. "여보게!" ─ 이 얼마나 정다운 말인가! 얼마나…… 얼마나…… 로라는 자신이 얼마나 행복한가를 입증하고 자신이 얼마나 마음이 편한가를 키 큰 남자에게 보여주고 어리석은 인습 따위를 얼마나 경멸하는가를 보여주려고 그 작은 도안을 응시하면서 들고 있던 빵을 한 입 베어 물었다. 자신도 일꾼이 된 기분이었다.

"로라! 로라! 어디 있니? 전화다, 로라!"

집에서 들려오는 목소리였다.

"가요!"

그녀는 급히 달려 잔디밭을 통과하고 통로를 지나 계단을 올라가 다시 테라스를 횡단하여 현관 입구에 이르렀다. 홀에서는 아버지와 로리가 사무실에 나갈 준비를 하며 모자를 솔질하고 있었다.

"로라, 저 말야. 오늘 오후 이전에 내 코트를 봐줘. 다리미질이 필요한가 확인하고."

로리가 빠른 말투로 말했다.

"그렇게 해줄게."

로라가 말했다. 갑자기 그녀는 가만히 있을 수 없었다. 그녀는 로리에게 달려가 살며시 안았다.

"아, 나는 파티가 좋아. 오빠는?"

로라는 헐떡이듯 말했다.

"물론 나도 좋아해."

로리의 훈훈하고 소년다운 음성이 말했다. 또한 그도 누이동생을 포옹해주었다. 그러고는 가만히 누이를 밀었다.

"빨리 전화나 받아, 이것아."

전화.

"네, 네, 네, 그래요. 키티니? 잘 있었니? 점심 먹으러 오겠다고? 제발 와줘. 물론 기쁘지. 음식이라야 보잘것없을 거야. 샌드위치 부스러기하고 메랑그 껍데기뿐이야. 모두 남은 찌꺼기야. 아주 아침 날씨가 좋지 않니? 네 하얀 옷? 물론 그렇게 해. 잠깐! 전화 끊지 마. 엄마가 지금 무어라고 하셔."

로라는 다시 전화 앞에 앉았다.

"엄마? 무어라고 하셨죠? 들리지 않아요."

셰리던 부인의 목소리가 계단 위에서 들려왔다.

"지난 주일날에 썼던 그 예쁜 모자를 쓰고 오라고 그래라."

"엄마가 그러시는데, 너 지난 일요일에 썼던 그 예쁜 모자를 쓰고 오래. 알았어? 1시야. 잘 있어."

로라는 수화기를 놓고 양팔을 머리 위로 휘두르면서 심호흡을 하고 나서 기지개를 켜고 팔을 내렸다. "후!" 하고 그녀는 한숨을 쉬었다. 그리고 다시 한숨을 내쉰 순간 그녀는 재빨리 몸을 바로하고 앉았다. 그녀는 앉아서 귀를 기울였다. 집 안의 모든 문이 열린 것 같았다. 집 안은 부드럽고 빨리 움직이는 발소리와 주고받는 음성으로 인해 활기를 띠었다. 부엌 쪽으로 통하는 초록색 베이지 천으로 덮인 문이 둔하게 쿵 하는 소리를 내며 열렸다가 닫혔다. 그때 길고 키득거리며 웃는 듯한 맹랑한 소리가 들려왔다. 그것은 무거운 피아노가 기름칠이 되지 않은 다리바퀴 위에 얹혀 운반되는 소리였다. 하지만 그보다 이 공기! 잠자코 주의를 기울여보라! 공기가 항상 이랬던가? 엷은 미풍이 창문 위에서 그리고 밖의 문에서 술래잡기를 했다. 또한 햇빛이 형성한 점이 두 개 있었는데, 하나는 잉크병 위에 있었고 하나는 은색 사진액자 위에 있었다. 그것들도 술래잡기를 했다. 정말 귀여운 점! 특히 잉크병 마개 위에 있는 것이. 그것은 정말 따뜻했다. 따뜻한 작은 은별! 그녀는 그것에다 입맞추고 싶었다.

현관문에 달린 벨이 울렸다. 그러자 계단에서 새디의 프린트 무늬가 든 스커트가 내는 버스럭 소리가 들렸다. 한 사내의 음성이 중얼거렸다. 새디가 아무렇게나 대답했다.

"저는 잘 몰라요. 기다리세요. 셰리던 부인에게 물어보겠어요."

"새디, 뭐지?"

로라가 홀로 나왔다.

"꽃가게에서 오셨답니다."

그건 정말이었다. 그곳 바로 문 안에는 핑크빛 백합 화분이 가득한 넓고 얕은 쟁반이 있었다. 다른 종류의 꽃은 없었다. 다만 백합 꽃이었다 — 칸나 백합이었는데, 큼직한 핑크색 꽃이 활짝 펴서 현란한 빛을 발하며 밝은 진홍색 줄기 위에서 거의 겁을 줄 듯이 싱싱하게 생동했다.

"오! 새디!"

로라가 말했다. 그런데 그 소리는 작은 신음 소리 같았다. 그는 백합의 불꽃에다 몸을 훈훈하게 데우려는 듯 그 위로 몸을 웅크렸다. 그 백합들은 그녀의 손가락에서 자라고 입술에서 자라고 가슴 속에서도 자라는 기분이 들었다.

"무슨 착오가 있었나 봐. 이렇게 많은 꽃을 주문한 사람은 없을 텐데. 새디, 가서 어머니를 찾아봐."

로라가 힘없이 말했다.

그러나 그 순간 셰리던 부인이 그들에게 합세했다.

"괜찮다."

부인이 조용히 말했다.

"정말 내가 주문했단다. 아름답지 않니?"

부인은 로라의 팔을 힘껏 잡았다.

"어제 상점 앞을 지나다가 쇼윈도 속에 있는 저 꽃을 보았단다. 그런데 갑자기 내 평생 한 번 칸나 백합을 푸짐하게 사야겠다고 생각했지 뭐냐. 그래서 가든 파티가 좋은 구실이 될 거라고 생각했지."

"하지만 엄마는 간섭하지 않겠다고 말씀하신 것 같은데……."

로라가 말했다. 새디는 그곳을 떠났다. 꽃장수는 아직 밖의 짐차에 있었다. 로라는 어머니의 목을 팔로 얼싸안고 어머니의 귀를 살며시, 아주 살며시 깨물었다.

"얘야, 앞뒤 논리가 너무 정연한 엄마라면 너도 좋아하지 않겠지? 아서라. 저 사람이 있지 않니?"

꽃장수는 더 많은 백합을 가져왔다. 또 다른 쟁반을 들여왔다.

"현관문 안쪽 양편에 내려놓으세요."

셰리던 부인이 꽃장수에게 지시했다.

"로라야, 그게 좋겠지?"

"네, 엄마."

응접실에서는 메그와 조스와 어리고 착한 한즈가 마침내 피아노를 성공적으로 옮겼다.

"이제 이 체스터필드 의자는 벽에 기대놓고 의자를 제외한 모든 것은 방 밖으로 옮기면 어떨까?"

"좋아."

"한즈, 이 탁자들은 흡연실로 가져가고 양탄자의 이 자국들을 지울 걸레를 하나 가져오렴. 그런데 잠깐—."

조스는 하인들에게 명령하기를 좋아했고 하인들은 그녀의 명령에 복종하기를 좋아했다. 그녀는 하인들로 하여금 어떤 연극의 한 역을 담당한다는 느낌을 갖도록 했다.

"엄마와 로라더러 당장 여기에 오라고 말해."

"조스 양, 잘 알았습니다."

조스는 메그 쪽을 바라보았다.

"내가 오늘 오후에 노래하라고 지명될지 모르니까 피아노 소리가 어떤지 들어보고 싶어. 어디 한번 〈인생은 고달파〉를 연습해보자."

땅! 똥똥똥 땅똥! 피아노는 매우 정열적인 음을 터뜨렸기 때문에 조스의 얼굴빛이 변했다. 그녀는 손을 마주 잡았다. 어머니와 로라가 들어올 때 그녀는 그들을 슬프고 수수께끼 같은 표정으로 바라보았다.

　　인생은 고달픈 것
　　눈물과 한숨
　　사랑은 변하고
　　인생은 고달픈 것
　　눈물과 한숨
　　사랑은 변하는 것
　　그러면…… 안녕!

　그러나 "안녕"이란 단어에 이르러 피아노는 전보다 더 절망적인
소리로 울렸지만 그녀의 얼굴은 갑자기 이러한 정서와는 정반대의
밝은 웃음을 지었다.
　"엄마, 제 목소리 좋지요?"
　그녀는 벙글벙글 웃었다.

　　인생은 고달픈 것
　　희망은—사그라지는 것
　　꿈은—깨는 것

　그러나 새디가 그곳에 끼어들었다.
　"새디, 무슨 일이냐?"
　"저, 부인, 샌드위치에 꽂을 깃발을 혹시 가지셨느냐고 요리사가
묻더군요."

"새디, 샌드위치에 꽂는 깃발이라고?"

셰리던 부인은 멍청한 표정으로 반복했다. 그래서 자식들은 어머니가 그것을 가지고 있지 않다는 것을 어머니의 표정으로 알아차렸다.

"글쎄……" 하고 어머니는 말하더니 다시 새디를 향해 "10분 내에 보내주겠다고 요리사에게 일러라" 하고 단호하게 말했다.

새디가 나갔다.

"로라, 나를 따라 흡연실로 오너라. 봉투 뒷면 어딘가에 샌드위치의 종류를 써두었는데, 나 대신 그것을 적어야겠다. 메그, 넌 당장 이 층에 올라가서 머리에 두른 그 젖은 것을 벗고 오너라. 조스, 빨리 가서 당장 옷을 갈아입어라. 애들아, 내 말 듣고 있니? 안 그러면 오늘 밤 아버지가 귀가하시면 모두 일러바칠까? 그리고 ─ 그리고 조스, 너 혹시 부엌에 가면 요리사를 잘 달래주어라. 오늘 아침 난 그 사람이 무섭구나."

봉투는 식당 시계의 뒤에서 마침내 발견되었다. 그러나 그것이 어째서 그곳에 와 있는지 셰리던 부인은 상상할 수 없었다.

"너희 중에 누군가가 내 가방에서 이것을 훔쳐간 게 틀림없어. 나는 생생하게 기억한다. 크림치즈와 레몬 커드라고 적혔지? 그렇게 적었니?"

"네."

"계란하고 ─."

셰리던 부인은 봉투를 그녀에게서 멀찌감치 들고 보았다.

"생쥐라는 글자같이 보이는데, 생쥐는 아니겠고……."

"올리브라고 쓰여 있어요."

로라가 어머니의 어깨너머로 읽고 말했다.

"암, 올리브여야겠지. 계란과 생쥐라면 얼마나 끔찍한 잡탕이 되겠느냐? 계란과 올리브겠지."

마침내 목록 작성이 끝났다. 그리하여 로라가 목록을 부엌으로 가져갔다. 그곳에서 요리사를 달래는 조스를 발견했는데, 요리사는 전혀 무서운 표정을 짓고 있지 않았다.

"그렇게 섬세한 샌드위치는 본 적이 없어요. 아줌마, 샌드위치의 종류는 몇 가지라고 하셨죠? 열다섯?"

조스의 희열에 찬 음성이 말했다.

"아가씨, 열다섯 가지가 있지요."

"어머! 아줌마, 축하해요."

요리사는 긴 샌드위치 칼로 빵의 가장자리를 다듬었다. 그리고는 밝게 웃음지었다.

"거드버 상점 사람이 왔어요."

새디가 식료품 저장소에서 나오며 보고했다. 그 남자가 유리창가를 지나치는 걸 보았다는 것이었다.

그것은 크림퍼프 빵이 왔다는 뜻이었다. 거드버 상점은 크림퍼프 빵으로 유명했다. 그것을 집에서 만들어보겠다고 꿈꿀 수 있는 사람은 하나도 없었다.

"그것을 날라다가 탁자 위에 올려놔."

요리사가 새디에게 명령했다.

새디는 그것을 안을 들여놓고 다시 문으로 갔다. 물론 로라와 조스는 이제 다 자랐으므로 그런 일을 못 해서 안달하진 않았다. 여하튼 그들도 그 크림퍼프 빵이야말로 매혹적이라는 것에는 동의하지 않을 수 없었다. 매우 매혹적이라고……. 요리사는 그것들을 다시 정리하기 시작하며 지나치게 설탕 범벅이 된 부분을 다듬었다.

"이 빵은 과거에 있었던 모든 파티를 생각나게 하지 않아?"

로라가 말했다.

"응, 상기시키겠지 뭐."

과거를 상기하는 것을 결코 좋아하지 않는 실질적인 조스가 말했다.

"이것들은 정말 가볍고 깃털같이 보이는군. 정말."

"하나씩 먹어봐요. 어머님께서는 모르실 테니까."

요리사가 온화한 목소리로 말했다.

그건 천만부당한 일이었다. 아침 먹고 금방 맛있는 크림퍼프 빵을 먹다니. 그것은 생각만 해도 몸이 떨렸다. 그러나 여하튼 2분 후 조스와 로라는 손가락을 핥고 있었다. 그건 비어져나오는 크림을 먹는 행위에서만 오는 도취된 내적 표정을 지으며 보이는 동작이었다.

"정원으로 가자. 뒷문으로 나가서."

로라가 제의했다.

"일꾼들이 천막을 치는 광경을 보고 싶어. 그 사람들은 정말 좋은 사람들이야."

그러나 뒷문은 요리사, 새디, 거드버 상점의 점원, 게다가 한즈에 의해 봉쇄되었다.

무슨 일이 일어난 모양이었다.

"탁 탁 탁."

요리사는 흥분된 암탉처럼 소리를 냈다. 새디는 이를 앓는 사람처럼 그녀의 손을 볼에 찰싹 댔다. 한즈는 사태를 이해하려고 애쓰면서 고개를 비틀었다. 다만 거드버 점원만이 마냥 신나 있었다. 그만 아는 이야기 같았다.

"무슨 일이야? 무슨 일이 일어났지?"

"끔찍한 사건이 있었대요. 사람이 죽었대요."

요리사가 말했다.

"사람이 죽어요? 어디서? 어떻게? 언제?"

그러나 거드버 점원은 자신이 가지고 온 이야기를 눈뜬 채 소매치기당하고 싶지 않은 모양이었다.

"이 바로 아래 있는 작은 오두막집들을 아시죠?"

그것들을 알다니? 그녀는 물론 그 집들을 알았다.

"그곳에 스코트라는 젊은이가 살았습니다. 화물 마차를 끄는 사람이었지요. 그의 말이 오늘 아침 호크 가 모퉁이에서 기관차를 보고 깜짝 놀라 날뛰는 통에 마차에서 튕겨 나와 머리부터 땅바닥에 떨어졌습니다. 즉사였어요."

"죽다니!"

로라는 거드버 점원을 응시했다.

"사람들이 일으켰을 때 이미 죽어 있었어요. 내가 이곳에 오는데, 사람들이 그 젊은이를 집으로 데려오더군요."

거드버 점원은 이야기에 조미료까지 쳤다. 그러고는 다시 요리사를 향해 말했다.

"마누라와 다섯이나 되는 어린 것들을 남기고 갔어요."

"조스, 이리 와봐."

로라는 조스의 소맷자락을 잡고 잡아끌었다. 그리하여 부엌을 지나 초록색 문 저쪽 편으로 갔다. 그곳에서 그녀는 발걸음을 멈추고 문에 기댔다.

"조스, 우리 모든 것을 중지해야 하지 않을까?"

그녀는 겁에 질린 음성으로 말했다.

"로라! 모든 것을 중지해? 그게 무슨 뜻이지?"

조스는 놀라서 외쳤다.

"물론 가든 파티를 중단하는 거지."

조스는 왜 모르는 체하는 것일까?

그러나 조스는 더욱 놀란 표정을 지었다.

"가든 파티를 중지해? 로라! 어리석은 생각을 버려. 우린 그런 짓은 할 수 없어. 우리가 파티를 중지하리라고 기대할 사람은 아무도 없어. 제발 그런 엉뚱한 생각은 하지 마."

"하지만 바로 우리 집 앞문 밖에 사는 사람이 죽었는데, 가든 파티를 한다는 것은 도저히 불가능해."

그것은 실로 만부당한 말이었다. 사실 작은 오두막들은 이 집으로 이르는 가파른 비탈의 바로 기슭에 있는 오솔길에 옹기종기 자리잡고 있었다. 넓은 길이 그들과 이 집을 격리시키듯 사이를 가로막았다. 그러나 그들은 퍽 가까이 있다는 것은 사실이었다. 그 집들은 정말 눈엣가시였다. 그들은 그곳 이웃에 있을 권리가 전혀 없었다. 그것들은 초콜릿 같은 갈색 칠을 한 조잡한 집들이었다. 그 작은 정원에는 양배추 줄기나 병든 닭이나 토마토 깡통뿐 다른 것은 없었다. 그들의 굴뚝에서 피어오르는 연기 자체도 가난에 찌들어 있었다. 넝마 쪼가리 같은 연기는 셰리던 가의 굴뚝에서 뭉게뭉게 피어오르는 거창한 은빛 깃털과 같은 연기와는 너무나 달랐다. 그 좁은 골목에는 세탁부와 청소부들이 살았고 구두 수선공과 그 밖에 작은 새조롱을 집 앞에 잔뜩 늘어놓은 한 남자가 살았다. 어린아이들이 와글거렸다.

셰리던 가의 아이들은 어렸을 때, 그곳에 발을 들여놓는 것이 금지되었다. 못된 말버릇을 배우거나 병이 옮을지 모르기 때문이었다. 그러나 성장한 이후로 로라와 로리는 산책을 나갈 때 때로 그곳을 통과하기도 했다. 구역질이 날 정도로 그곳은 불결했다. 그들은 몸서리를 치며 그곳을 빠져나왔다. 그러나 사람은 어디든 가봐야 한다. 모든 것을 보지 않으면 안 된다. 그래서 그들은 그곳을 통과했던 것이다.

"밴드가 연주하는 소리가 그 불쌍한 여자의 귀에 어떻게 들리겠니? 생각해봐."

로라가 말했다.

"로라!"

조스는 진정으로 염려하기 시작했다.

"어떤 사람에게 사고가 일어날 때마다 밴드 연주를 중지시킨다면 우리의 인생은 지겨운 것이 될 거야. 나도 이 사건에 대해 불쌍하다는 마음을 품고 있어. 나도 마찬가지로 동정하는 참이야."

그녀의 눈이 긴장했다. 어려서 서로 싸울 때 늘 그랬던 것처럼 조스는 로라를 노려보았다.

"감상에 젖는다고 해서 술 취한 노동자를 살려놓을 수는 없는 거야."

조스가 작은 목소리로 말했다.

"취해? 그 사람이 취해 있었다고 누가 그러는데?"

로라는 화가 나서 조스를 돌아보았다. 이러한 경우 늘 그랬지만 로라는 "엄마한테 가서 말해야지"라고 말했다.

"그래."

조스가 다정하게 말했다.

"엄마, 들어가도 돼요?"

로라는 유리로 된 큰 손잡이를 돌렸다.

"아무렴! 그런데 무슨 일이냐? 왜 안색이 그러니?"

셰리던 부인은 화장대에서 몸을 돌렸다. 부인은 새 모자를 써 보고 있었다.

"엄마, 사람이 죽었어요."

로라가 말을 시작했다.

"우리 정원에서 그런 건 아니겠지?"

"물론이죠!"

"오! 넌 나를 왜 그렇게 놀라게 하니?"

셰리던 부인은 안도의 한숨을 쉬었다. 그러고는 큰 모자를 벗어서 자기 무릎 위에 놓았다.

"하지만 엄마, 들어보세요."

로라가 말했다. 숨이 가쁜 듯, 질식할 것 같은 말투로 로라는 끔찍한 이야기를 꺼내고 말았다.

"물론 우리는 파티를 할 수 없겠지요?"

그녀가 애원했다.

"밴드니 뭐니 다 올 거예요. 그러면 엄마, 저 사람들에게 들릴 것 아녜요? 그들은 바로 이웃이나 마찬가지 아니에요?"

그러나 로라가 놀란 것은 그녀의 어머니도 조스와 같은 태도를 표명하는 것이었다. 어머니가 재미있다는 태도를 취하는 것이 더 참

88

기 어려웠다. 어머니는 로라의 말을 진담으로 받아들이지 않았다.

"하지만 애야, 상식으로 판단해라. 우리가 그런 사건을 듣게 된 것도 다만 우연이었다. 혹시 그쪽 사람이 흔히 있는 죽음을 맞았다면 ─ 사실 그렇게 협소한 곳에서 어떻게 살아남는지 아직도 이해할 수 없는 일이지만 ─ 우리는 여전히 가든 파티를 열 게 아니냐?"

로라는 그 말에 "그래요" 하고 대답해야 했다. 그러나 그것은 부당하다는 느낌이 들었다. 그녀는 어머니의 소파에 걸터앉아 쿠션의 장식 부분을 손톱으로 뜯었다.

"엄마, 그렇게 하면 우리가 너무 몰인정한 사람이 되지 않을까요?"

"저 말야."

어머니는 일어나서 모자를 손에 쥔 채 로라 쪽으로 왔다. 로라가 제지하기도 전에 어머니는 로라의 머리에 그 모자를 씌웠다.

"자 봐! 이것은 네 모자란다. 너에게 주려고 만든 것이란다. 나한테는 너무 젊어 보여. 네가 그렇게 멋지게 보이는 것은 이제까지 본 적이 없구나. 네가 직접 거울을 보렴!"

그러면서 어머니는 자기의 손거울을 들었다.

"하지만, 엄마."

로라가 다시 이야기를 꺼냈다. 그녀는 자신의 모습을 볼 수 없었다. 그녀는 몸을 다른 곳으로 향했다.

이번에는 셰리던 부인도 조스처럼 인내의 한계에 이르렀다.

"로라, 넌 터무니없는 말을 하는 거야. 저런 사람들은 우리의 희생을 기대하지도 않아. 지금 너처럼 모든 사람의 즐거운 시간을 망치는 것은 그들에게 동정을 표하는 행위가 되지 않아."

어머니는 냉정한 어조로 말했다.

"저는 이해 못 하겠어요."

로라는 그렇게 말하고 그 방에서 재빨리 걸어나와 자기 침실로 들어갔다. 그곳에서, 이건 아주 우연이었는데, 그녀의 눈에 최초로 들어온 것은 거울 속에 서 있는 매력적인 소녀의 모습이었다. 황금색 들국화로 가장자리를 장식하고, 길고 까만 벨벳 리본을 단 검은 모자를 쓴 자신의 모습이었다. 자신이 그런 모습을 드러낼 수 있으리라고는 도저히 상상한 적이 없었다. 어머니 말씀이 옳은 것일까 하고 그녀는 생각했다. 이제 어머니의 말씀이 옳았으면 싶었다. 내가 터무니없는 일을 상상하는 것일까? 아마 터무니없는 짓일지도 모른다. 바로 그 순간 그 불쌍하게 된 여인과 어린것들과 집으로 운반되는 시체의 모습이 문득 그녀의 머리에 떠올랐다. 그러나 그 광경은 신문에 난 사진처럼 온통 흐리고 비현실적으로 보였다. 파티를 치르고 나서 이 문제는 다시 생각하기로 로라는 결심했다. 어쨌거나 그것이 상책일 것도 같군……

점심식사는 1시 반경에 끝났다. 2시 반경에는 모든 소란에 대한 만반의 준비가 되었다. 초록색 코트를 입은 밴드가 도착하여 테니스 코트 구석에 자리를 잡았다.

"어머! 저 밴드 단원들은 말로 표현할 수 없을 정도로 개구리들처럼 보이는군 그래. 저들을 연못 둘레에 나열시키고 지휘자는 나뭇잎 한가운데다 앉혔으면 좋았을걸."

키티메이 트랜드가 굴리는 발음으로 말했다.

로리가 도착하여 옷을 바꿔 입으러 가면서 누이들에게 인사했다. 그를 보자 로라는 다시 그 사건을 생각했다. 그녀는 로리에게 이야기하고 싶었다. 로리도 다른 사람들과 같은 의견이라면 모든 것이 괜찮은 것임에 틀림없을 것이다. 그리하여 로라는 그의 뒤를 따라 홀로 들어갔다.

"로리!"

"웬일이야?"

그는 계단을 반쯤 올라간 곳에 있었다. 그러나 몸을 돌려 로라를 보았을 때 그는 갑자기 양 볼에 공기를 담아 부풀리며 눈을 휘둥그레 뜨고 그녀를 응시했다.

"히야! 로라 아냐? 정말 멋지구나! 정말 멋있는 모자로구나!"

로리가 말했다.

로라는 힘없는 목소리로 "정말?" 하고 말하고 로리를 올려다보며 웃음을 지었을 뿐 결국 아무 말도 하지 않았다.

그러고 나서 잠시 후 사람들이 물밀듯이 들어오기 시작했다. 밴드가 연주를 시작했다. 외부에서 고용해 온 웨이터들이 집에서 천막까지 뛰어다녔다. 어디를 보든 남녀 쌍쌍이 산책하며 꽃 위에 몸을 굽히기도 하고 서로 인사를 교환하며 잔디밭 위를 움직였다. 그들은 셰리던 가의 정원에 오늘 오후에 한해서 사뿐히 내려앉은 명랑한 새들 같았다. 그것도 어디로 가는 도중에 잠시 내려앉은 새들 같았다. 하지만 어디로 가는 길이었을까? 아! 모두 행복하기만 한 인간들과 함께 있다는 것, 손을 맞대어 누르고 볼을 대고 눈과 눈으로 웃음을 나누는 것, 이 얼마나 행복한 일인가!

"로라, 참 예쁘구나!"

"얘야! 그 모자가 정말 어울리는구나!"

"로라, 넌 정말 스페인 여자 같구나. 네가 그렇게 멋지게 보이다니 미처 몰랐구나."

그리하여 로라는 상기된 얼굴로 부드럽게 대답했다.

"차를 마셨니? 아이스크림 먹지 않을래? 시계초 열매가 든 아이스크림은 정말 특제야."

그녀는 아버지에게 달려가서 "아빠, 밴드 단원에게 마실 것 좀 갖다 줄까요?" 하고 물었다.

그리하여 완벽한 오후가 서서히 무르익었고 서서히 색이 퇴색했고 서서히 그 꽃잎이 다시 오므라들었다.

"이렇게 즐거운 가든 파티는 처음이었어……."

"비할 데 없이 대성공이었어……."

"정말 이제까지 없었던……."

로라는 손님과 작별인사를 나누는 어머니를 거들었다. 두 사람은 모든 것이 끝날 때까지 현관에 나란히 서 있었다.

"아, 이제 끝났구나. 다행이야!"

셰리던 부인이 말했다.

"다들 모이라고 그래라. 로라, 우리 들어가서 신선한 커피나 마시자. 나는 지쳤단다. 정말 파티는 대성공이었다. 하지만 이런 파티는 정말 큰일이야. 너희는 왜 그렇게 파티를 노래하는 거지?"

그리하여 모두는 사람이 빠져나간 천막 속에 자리 잡고 앉았다.

"아빠, 샌드위치 한 개 잡수세요. 제가 이 기(旗)에 글자를 썼어요."

"고맙다."

셰리던 씨는 한입 베어 물었다. 그 순간 샌드위치는 온데간데없었다.

"오늘 끔찍한 사건이 있었는데, 너희들은 듣지 못했겠지만……."

아버지가 말했다.

"여보."

셰리던 부인이 손을 치켜올리며 말했다.

"우리도 들었어요. 거의 파티를 망칠 뻔했어요. 파티를 연기하자고 로라가 고집했다우."

"엄마! 그만!"

로라는 이번 일에 대해 놀림감이 되고 싶지 않았다.

"여하튼 비참한 이야기야. 그 젊은이도 기혼자더군. 오솔길 바로 아래 사는 남자였어. 유족으로는 아내와 자식 대여섯이 있다더군."

셰리던 씨가 말했다.

어색한 침묵이 잠시 흘렀다. 셰리던 부인은 컵을 든 채 안절부절 못했다. 정말 아빠는 눈치도 없지······.

갑자기 부인이 고개를 들었다. 그곳 탁자 위에는 샌드위치, 케이크, 크림빵들이 즐비했다. 전혀 건드리지 않은 것이면서 그냥 버려야 할 것들이었다. 부인에게 어떤 기발한 생각이 떠올랐던 것이다.

"좋은 생각이 떠올랐다."

부인이 말했다.

"바구니를 하나 만들자. 그 가엾은 사람에게 이 말짱한 좋은 음식을 보내주자. 여하간 이것은 그 집 아이들에겐 푸짐한 선물이 될 거야. 안 그러니? 분명 이웃들이 그 집에 드나들 거다. 이렇게 음식을 모두 장만한 것도 의미 있는 일이 되었구나. 로라!"

부인은 자리에서 벌떡 일어났다.

"계단 벽장으로 가서 큰 바구니를 가져오너라."

"엄마! 이게 정말 잘 생각하는 것일까요?"

로라가 말했다.

이번에도 그녀만이 다른 사람과 달리 생각하는 것은 얼마나 기이한 일인가! 파티에서 먹다 남은 것을 가져간다? 그 가엾은 부인이 진정으로 그것을 좋아할까?

"물론이지. 오늘 너 웬일이니? 한두 시간 전만 해도 너는 동정심을 갖자고 우겼잖니? 그러더니 이제 와서는……."

네, 네, 좋아요. 로라는 바구니를 가지러 달려갔다. 바구니는 어머니의 손으로 채웠고 쌓여 올랐다.

"얘야, 네가 그걸 가지고 가거라. 그냥 그렇게 입은 채 어서 가 보아라. 아니, 잠깐. 이 칼라도 가져가거라. 저런 계급의 사람들은 칼라를 보면 몹시 좋아하는 법이란다."

부인이 말했다.

"꽃 줄기 때문에 로라의 레이스 드레스가 망가지겠어요."

실질적인 조스가 말했다.

그럴지도 모른다. 적절한 때에 생각이 거기에 미친 것이다.

"그러면 바구니만 가지고 가거라. 그런데 ─ 로라!"

어머니는 천막에서부터 그녀 뒤를 따라 나왔다.

"저 ─ 무슨 일이 있어도 ─ ."

"엄마, 뭔데요?"

아니지, 그런 생각은 어린애의 머릿속에 주입시키지 않는 편이 낫지…….

"아무것도 아니다. 얼른 갔다 오렴."

로라가 정원의 문을 닫을 때 날은 막 어두워지고 있었다. 큼직한 개 한 마리가 그림자처럼 곁을 스쳐갔다. 길은 하얗게 반짝였고 그

아래 우묵한 분지에 자리 잡은 오두막들은 깊은 그림자 속에 잠겨 들었다. 그런 오후가 지난 후라서 정말 조용하다는 기분이 들었다. 로라는 언덕을 내려가 한 남자가 죽어 누운 어느 쪽으로 가는 중이었다. 그런데도 실감이 나지 않았다. 어찌 그럴 수가 있을까? 그녀는 잠시 발걸음을 멈췄다. 그러자 키스나 잡다한 음성이나 쨍그랑 하는 스푼 소리, 웃음소리, 그리고 발에 밟힌 잔디 냄새 등이 어쩐지 그녀의 내부에 도사린 느낌이었다. 그 밖에 다른 것을 위한 여지가 그녀에겐 없었다. 참으로 이상해! 그녀는 창백한 하늘을 보았다. 그녀는 "응, 그래. 정말 성공적인 파티였어!"라는 생각밖에 할 수 없었다.

이제 넓은 길을 횡단했다. 오솔길이 시작되었다. 연기가 자욱하고 어두웠다. 숄을 걸친 여인들과 트위드 천으로 만든 모자를 쓴 남자들이 서둘러 지나쳤다. 남자들은 울타리 근처에서 서성거렸다. 아이들은 문가에서 놀았다. 초라하고 작은 오두막들에서 사람의 낮은 음성이 들려왔다. 어떤 집은 이미 등불을 켜놓았다. 그래서 게 같은 그림자 하나가 창가를 가로질렀다. 로라는 고개를 숙이고 길을 서둘렀다. 이때에 이르러서는 외투를 입을 걸 그랬다는 생각이 들었다. 그녀의 드레스가 얼마나 찬란했을까! 그리고 그 벨벳 리본이 달린 큰 모자하고 ─ 이 모자가 아닌 다른 모자였더라면 좋았을 걸! 사람들이 나를 보고 있었을까? 보고 있었음에 틀림없다. 여기에 온 것이 잘못이었어. 분명히 잘못이었다는 것을 처음부터 그녀는 알았다. 지금이라도 돌아가는 편이 낫지 않을까?

아냐. 때는 이미 늦었어. 여기가 그 집이다. 틀림없다. 사람들의 검은 무리가 밖에 서 있었다. 문 옆에는 목발을 든 노파가 의자에 앉아 바라보았다. 노피는 다리를 신문지 위에 올려놓았다. 로라가 가까이 다가가자 사람들의 음성이 멈췄다. 그 집단의 사람들이 양쪽으로 갈라섰다. 마치 그녀가 올 것을 기대했고 그녀가 여기에 오리라는 것을 미리 알았던 것 같았다.

로라는 몹시 불안했다. 벨벳 리본을 어깨 위로 치켜올리며 로라가 곁에 서 있는 한 여자에게 "여기가 스코트 부인 댁인가요?" 하고 묻자 그 부인은 야릇한 웃음을 지으며 "그래요, 아가씨" 하고 대답했다.

아! 이곳에서 벗어났으면 얼마나 좋을까! 작은 통로를 걸어 올라가 문에 노크를 하면서 그녀는 실제로 "하나님, 저를 살려주십시오" 하고 말했다. 저 응시하는 여러 눈망울에서 벗어났으면 좋으련만! 아니면 아무것으로나, 아니 심지어 저 여자들의 숄로 몸을 덮어버렸으면 좋으련만! 바구니를 놓고 그냥 나와야지 하고 그녀는 결심했다. 바구니가 빌 때까지 기다릴 것 없어…….

그때 문이 열렸다. 검은 옷을 입은 작은 부인이 어스름한 불빛 속에서 모습을 드러냈다.

로라는 "스코트 부인이세요?" 하고 물었다. 그러나 놀랍게도 그 부인은 "아가씨, 들어와요" 하고 대답하는 것이었다. 그리하여 로라는 복도에 감금된 상태가 되었다.

"아니에요. 들어가지 않겠어요. 다만 이 바구니를 놓고 가고 싶어요. 어머니께서 저를 이리로ㅡ."

로라가 말했다.

어두운 복도에 서 있는 그 작은 부인은 로라의 말을 듣지 못한 것 같았다.

"아가씨, 이리로 와요."

그 부인은 매끈한 음성으로 말했다. 그리하여 로라는 그녀의 뒤를 따랐다.

로라는 그을음이 나는 램프가 빛을 비추는 형편없이 작고 천장이 낮은 부엌에 이르렀다. 불 앞에 한 여자가 앉아 있었다.

"엠, 엠! 젊은 아가씨가 왔어."

로라를 그리로 안내한 작은 부인이 말했다. 그러고는 로라를 향하더니 의미심장하게 말했다.

"나는 이분의 언니뻘 되는 사람이에요. 이 사람의 무례를 용서해주겠지요?"

"뭘 그런 것 가지고……. 괜찮아요. 저분을 귀찮게 하지 마세요. 전 다만 이것을 놓고 가고 싶어요."

그러나 그 순간 불 옆에 있던 부인이 이쪽을 보았다. 그 얼굴은 볼이 부어올라 붉게 상기되었고 부어오른 눈과 입술은 처절했다. 그녀는 로라가 왜 이곳에 왔는지 이해할 수 없다는 표정이었다. 이게 무슨 영문일까? 바구니를 든 이 낯선 사람이 왜 우리 부엌에 와선 걸까? 도대체 이게 어떻게 된 것일까? 그 가엾은 얼굴은 다시 일그러졌다.

"괜찮아. 내가 아가씨에게 대신 감사할게."

작은 부인이 말했다.

그러고는 그 부인은 말을 시작했다.

"아가씨, 이 사람을 용서해주는 거지요?"

그녀의 얼굴도 역시 부어 있었는데 상냥한 웃음을 억지로 지었다.

로라는 이곳에서 나가고 싶었다. 떠나고 싶은 마음뿐이었다. 그녀는 다시 복도로 나왔다. 문이 열렸다. 로라는 죽은 사람이 누운 침실로 곧장 들어가고 말았다.

"그 사람을 보고 싶겠죠?"

엠의 언니는 이렇게 말하고 로라 곁을 지나쳐 침대로 갔다.

"아가씨, 무서워할 것 없어요."

그녀의 음성은 상냥하면서 교활했다. 그녀는 다시 시체를 덮은 천을 걷었다.

"그림 같아요. 눈에 거슬리는 건 하나도 없어요. 아가씨, 자, 와 봐요."

로라는 그리로 갔다.

거기에는 젊은 남자가 누워 있었다. 깊이 잠든 채 누워 있었다. 어찌나 깊고 곤히 잠들었는지 그 남자는 이 두 사람에게서 너무나 멀리 있는 것 같았다. 아, 너무너무 멀고 너무나 평화로웠다. 그는 꿈을 꾸고 있다. 그의 잠을 깨워서는 안 돼. 그의 머리는 베개 밑으로 가라앉았고 눈은 감겼다. 닫힌 눈꺼풀 밑에서는 아무것도 보지 못할 것이다. 그는 자신의 꿈에 취해 있다. 가든 파티라든가 바구니라든가 레이스를 단 코트가 그와 무슨 관계가 있는가? 그는 이러한 모든 것에서 먼 곳에 있었다. 그는 멋있고 아름답구나. 그네들이 웃는 동안, 밴드가 연주하는 동안 이러한 경이(驚異)가 이 오솔길에 나타난 것이다. 행복한…… 행복한…… 모든 것은 좋다고 그 잠자는 얼굴이 말했다. 그것은 당연한 것이다. 나는 만족한다고 그 얼굴은 말했다.

그러나 어쨌건 인간은 울어야 한다. 그리하여 로라는 죽은 사람에게 무언가 말하지 않고는 그 방을 나올 수 없었다. 로라는 큰 소리로 아기 같은 흐느낌을 터뜨렸다.

"제 모자를 용서해주세요."

로라가 말했다.

이번에는 엠의 언니라는 여자를 기다릴 필요가 없었다. 로라는
스스로 문 밖으로 나와 통로를 지나 모든 어두운 얼굴들 곁을 지나
쳤다. 오솔길 모퉁이에서 그녀는 로리를 만났다.

로리는 그림자 속에서 걸어 나왔다.

"로라니?"

"응."

"엄마가 걱정하셨어. 아무 일 없니?"

"응, 괜찮아. 오, 로리!"

로라는 로리의 팔을 잡고 자신의 몸을 오빠에게 기댔다.

"너, 우는 건 아니겠지?"

오빠가 물었다.

로라는 고개를 저었다. 그녀는 울고 있었던 것이다.

로리는 팔로 로라의 어깨를 감아 안았다.

"울지 마. 무섭든?"

그는 온화하고 자애로운 목소리로 말했다.

"아니."

로라는 흐느꼈다.

"그냥 신비했을 뿐이야. 하지만 오빠ー."

그녀는 말을 끊었다. 다시 로리를 올려다보았다.

"인생이란ー저, 인생이란 것은ー."

그러나 인생이란 무엇인지 그녀로서는 설명할 수 없었다. 그래

도 상관없었다. 로리는 모두 이해했다.

"그렇고 그런 것 아니냐?"

로리가 말했다.

비둘기 씨와 비둘기 부인

물론 그는 알고 있었다. 누구보다 잘 알았다. 자신에게 한 톨의 가능성도 없고 쓸모 있는 가능성이라곤 하나도 없다는 것을 알았다. 그러한 일을 생각한다는 자체가 터무니없었다. 너무나 터무니없는 일이기 때문에 그녀의 아버지가 — 글쎄, 그녀의 아버지가 어떤 태도로 나오든 그는 그것을 완전히 이해할 것이다. 사실 언제 다시 돌아오게 될지 모르는 영국에서의 마지막 날이라는 절망감과 그 엄연한 사실이 아니었다면 이런 일을 감당할 용기는 생기지 않았을 것이다. 그런데 지금에 와서도……. 그는 옷장 서랍에서 타이를 꺼냈다. 하늘색에다 크림색이 섞인 타이를 골라잡고 침대 곁에 걸터앉았다. 그녀가 "그런 무례한 말씀을!" 하고 대답한다면 그는 놀랄까? 그는 소프트칼라를 세웠다가 다시 타이 위로 접어 꺾으며 결코 놀라지 않겠다고 다짐했다. 그는 그녀가 그와 같은 무슨 말을 할 것이라고 예상했다. 일을 냉정히 관망할 때 그녀가 그런 말 말고 다른 말을 하리라고는 생각되지 않았다.

여기 내가 나타났소! 그는 거울 앞에서 불안한 거동으로 나비넥타이를 매고 두 손으로 머리를 눌러 잠재우고 저고리 주머니에서 주머니 덮개를 밖으로 꺼냈다. 다른 곳도 많은데, 하필이면 로디지어의 과수원에서 연간 5백 파운드 내지 6백 파운드를 벌다니…….
자본도 없지. 적어도 4년 동안은 수입이 늘어날 가망도 없지. 용모
라든가 그 밖의 그런 것과 관련이 있는 것에서는 전혀 자신이 없다.
튼튼한 건강조차 자랑할 수 없는 몸. 동부 아프리카에서의 작업은
그를 완전히 지치게 만들어 6개월의 휴가를 얻어야 했다. 그는 아
직도 몹시 창백하다. 오늘 오후는 여느 때보다 더 안색이 나쁘다는
생각이 들어서 그는 얼굴을 바싹 들이대고 거울 속을 자세히 들여
다보았다. 어! 이게 웬일이지? 무슨 일이 일어난 것일까? 그의 머
리가 거의 환한 초록빛으로 보였다. 농담이 아냐! 나의 머리는 결코
초록색이 아닌데……. 이건 도저히 생각할 수도 없는 일이야. 그때
푸른빛이 거울 속에서 떨렸다. 그것은 밖에 선 나무의 반사광이었
다. 레기는 몸을 거울에서 돌려 담뱃갑을 꺼냈다. 그러나 어머니께
서 그가 침실에서 담배 피우는 것을 몹시 싫어하신다는 사실을 기
억하고는 담배를 다시 집어넣고 옷장 서랍 쪽으로 갔다. 이건 안 되
겠군! 나에게 유리하게 작용할 어떤 한 가지 일을 생각해낼 수 있으
면 좋으련만! 그녀는 지금…… 아……! 그는 멈춰 서서 팔짱을 끼
고 옷장 서랍에 기댔다.

그녀의 위치, 그녀 아버지의 재력, 그녀는 외딸이며 이 근방에서
가장 인기 있는 소녀라는 사실에도, 그녀의 미모와 영리함에도……
정말 영리한 여자야! ─그 정도에서 그치는 게 아니라 사실 그녀가
할 수 없는 것은 하나도 없었다. 혹시 필요하면 그녀는 어떤 일에서
도 천재가 되었을 것이라고 그는 진정으로 믿었다. 그녀의 부모가
그녀를 사랑하고 그녀가 부모를 사랑하고, 또한 부모는 그녀가 현
재의 상태로 있어주는 것을 더 좋아하는데도……. 그의 머리에 스

치는 모든 것에도 아랑곳없이 그의 애정은 너무나 강한 것이어서 그로서는 희망을 갖지 않을 수 없었다. 이것이 희망일까? 아니면, 그녀를 돌봐주고 그녀가 원하는 모든 것을 갖도록 해주고 완전한 것이 아니면 여하한 것도 그녀 가까이에 오지 못하도록 돌보는 것을 자신의 임무로 삼겠다는 이 기묘하고 수줍은 갈구 — 이게 사랑에 불과한 것일까? 나는 그녀를 얼마나 사랑하는 것일까? 그는 서랍을 몸으로 힘껏 밀면서 그것에게 중얼거렸다.

"나는 그녀를 사랑해! 난 그녀를 사랑해!"

이 순간 그는 그녀와 함께 우말티 시로 가고 있다는 기분이 들었다. 밤이었다. 그녀는 구석에서 잔다. 그녀의 부드러운 턱은 그녀의 부드러운 옷깃 속에 박혔고 그녀의 황갈색 옆 머리칼이 그녀의 볼 위에 놓였다. 그는 그녀의 섬세한 작은 코와 완전한 입술과 어린애 같은 귀, 그리고 그 귀를 반쯤 덮은 황갈색 고수머리를 넋을 잃고 바라본다. 그들은 정글을 통과한다. 덥고 어둡고 먼 지역이다. 그러자 그녀가 눈을 뜨고 말한다. "제가 잠들었나요?" 그는 "네. 이제 괜찮아요? 자, 내게……" 하고 대답하고 몸을 그녀 쪽으로 굽힌다……. 그가 그녀의 몸 위로 몸을 굽힌다. 이것은 너무나 벅찬 축복이어서 더는 꿈을 진행시킬 수 없었다. 하지만 그것으로 용기를 얻어 그는 계단을 뛰어 내려와서 복도의 밀짚모자를 낚아채듯 들어 올리고 나서 현관문을 닫으면서 중얼거렸다.

"여하튼 행운을 잡으려고 노력해보는 거지. 그뿐이야."

그러나 그의 운은 즉시 기분 나쁜 것에 부딪혔다. 늙은 발발이 치니와 비디를 데리고 어머니가 정원을 이리저리 산책하고 있었다. 물론 레기는 어머니를 좋아했다. 어머니는 — 어머니는 선의의 소유자였고 정말 착실한 분이었다. 그러나 어머니는 모친으로서 좀 엄격한 분이라는 것은 부정할 수 없었다. 그런데 레기는 그의 생애 동안에, 그러니까 앨릭 삼촌이 돌아가시며 과수원을 물려주기 전까지, 과부의 외아들로 태어난다는 것은 남자에게 가해질 수 있는 가장 무서운 형벌이라고 확신하기에 이른 순간이 여러 번 있었다. 더욱 곤란한 일은 그녀야말로 문자 그대로 그가 소유한 전부였다. 그녀는 이를테면 아버지 몫까지 겸한 모친이었을뿐 아니라 레기가 좀 성장하기까지 친정 식구들이나 총독이었던 레기의 부친 쪽, 그러니까 시집 식구들과도 싸웠던 터였다. 그리하여 타향의 별빛 아래 어두운 테라스에 앉아, 축음기에서 "사랑이 없다면 인생이란 무엇인가?" 하는 노래가 나올 때마다 향수에 젖었는데, 그의 생각에 떠오르는 유일한 것은 어머니의 모습뿐이었다. 키가 크고 건장한 어머니, 치니와 비디를 꽁무니에 달고 정원의 통로를 걸어다니는 어머니의 모습이었다⋯⋯.

어머니는 지금 가위를 펴서 시든 초목의 삭정이 같은 것을 자르려 하다가 레기를 보자 동작을 멈췄다.

"레기, 이제부터 외출하는 건 아니겠지?"

뻔히 외출하는 것을 보면서 그렇게 물었다.

"차를 마실 시간까지는 돌아오겠습니다."

윗도리 주머니 속에 양손을 넣으면서 레기는 힘없이 말했다.

싹둑! 풀 끄트머리가 떨어졌다. 레기는 거의 하늘로 튀어오를 뻔했다.

"오늘이 마지막 오후니까 나와 같이 시간을 보내리라고 생각했단다."

어머니가 말했다.

침묵. 발발이들이 쳐다보았다. 발발이들은 어머니의 말을 모두 이해했다. 비디는 혀를 내밀고 누웠다. 비디는 너무 살이 지고 몸에서 어찌나 윤이 나는지 흡사 반쯤 녹은 태피 빵 같았다. 그러나 레기를 보는 치니의 도자기 같은 눈은 침울했고, 전 세계가 불쾌한 냄새인 것처럼 가볍게 킁킁 냄새를 맡았다. 싹둑! 다시 가위가 소리를 냈다. 가엾은 풀들 같으니, 그네들은 호되게 당하고 있었다.

"그래, 어디 가는 일이냐?"

어머니가 물었다.

마침내 이런 상황은 벗어났다. 그러나 레기는 자기 집이 보이지 않게 되고 프록터 대령의 집을 향해 반쯤 왔을 때까지 발걸음을 늦추지 않았다. 그제야 오늘 오후가 얼마나 멋진가를 깨달았다. 아침 내내 비가 왔다. 훈훈하고 무겁고 재빠른 비가. 이제 숲 위로 떠가며 길게 열을 지어 늘어선 작은 새끼오리 같은 구름이 보일 뿐 하늘은 맑았다. 나무에서 마지막 물방울을 흔들어 떨어뜨릴 충분한 바람이 불었다. 따뜻한 별을 닮은 물방울 하나가 그의 손 위에서 튀었다. 뚝! 또 다른 물방울이 그의 모자 위에 떨어졌다. 인적이 없는 거리는 번뜩이고 울타리에서는 찔레꽃 냄새가 피어오르고 서민들의 정원은 소담하고 밝은 접시꽃으로 불타올랐다.

여기가 프록터 대령의 집이었다. 벌써 와 있었다. 그의 손이 문 위에 얹히고 팔꿈치가 라일락 떨기를 스쳤다. 그러자 꽃잎과 꽃가루가 그의 윗도리 소매에 흩어졌다. 그러나 잠깐 기다려! 이건 약간 조급하게 구는 거다. 그는 다시 한 번 모든 것을 생각해낼 참이었다. 자, 침착하게! 그러나 그는 무성한 장미 밭이 양편에 있는 길을 걸어 올라갔다. 이렇게 하면 안 되는데……. 그러나 그의 손은 이미 초인종의 줄을 쥐고 있었다. 그는 그것을 잡아당기고는 벨이 요란하게 울릴 때 깜짝 놀랐다. 그 집에 불이 났다고 알리러 온 사람 같았다. 하녀도 홀에 있었음에 틀림없다. 다시 말해서 문이 금세 열렸다. 그래서 레기는 그 당황스러운 초인종 소리가 그치기도 전에 텅 빈 응접실에 들어갔다. 이상하게도 초인종이 그쳤을 때, 그랜드 피아노 위에 누군가의 파라솔이 놓인, 그 그늘지고 큰 방은 그의 기력을 회복시켰다. 아니 오히려 그를 흥분시켰다. 방은 매우 조용했다.

그러나 잠시 후면 문이 열리고 그의 운명이 결정될 것이다. 그 기분은 치과에 갔을 때와 다를 바 없었다. 그는 거의 될 대로 되라였다. 그러나 동시에, 이건 자신도 적이 놀란 사실인데, "주여, 당신은 아십니다. 당신이 저에게 많은 것을 베풀지 않으셨다는 것을……" 하고 자신이 말하는 것이 들렸다. 이것이 그의 용기를 북돋웠다. 또한 이 상황이 얼마나 심각한가를 다시금 깨닫게 해주었다. 이미 때는 늦었다. 문의 손잡이가 돌아갔다. 앤이 들어와서 그들 사이에 놓인 그늘진 공간을 건너와서 그에게 손을 내밀고, 작고 부드러운 음성으로 말했다.

"미안해요. 아버님이 외출하셨어요. 어머니는 모자를 사러 시내에 나가셨어요. 레기, 당신을 영접할 사람은 저뿐이에요."

레기는 숨을 죽이고 자신의 모자를 윗도리 단추에다 눌러두고는 더듬거렸다.

"실은 저 ― 작별인사를 드리러 왔을 뿐입니다."

"어머!"

그녀는 낮은 소리로 외쳤다. 그녀는 그에게서 물러섰다. 그녀의 회색 눈은 동요했다.

"그렇게 빨리 떠나세요?"

그러더니 레기를 바라보며 턱을 치켜들고 그녀는 웃음을 터뜨렸다. 길고 부드러운 웃음소리였다. 그녀는 웃으면서 피아노 있는 곳으로 가서 거기 기댄 채 파라솔의 술 장식을 만지작거렸다.

"미안해요. 이렇게 웃어서 말예요. 왜 그렇게 웃음이 나오는지 나도 모르겠어요. 그저 버릇이 나쁜 모양이에요."

앤이 말했다. 그러고는 갑자기 회색 구두로 바닥을 구르더니 흰 털저고리에서 손수건을 꺼냈다.

"이런 버릇은 반드시 고쳐야 되겠어요. 너무 바보 같아요."

그녀가 말했다.

"천만에! 나는 앤이 웃는 소리가 좋습니다. 나는 상상할 수도 없습니다. 그보다 더……."

레기가 힘 있게 말했댜.

그러나 실은 그녀가 항상 웃는 것은 아니었다. 그것은 두 사람다 아는 사실이었다. 그것은 실은 버릇이 아니었다. 그들이 만난 날부터, 그러니까 그들이 처음으로 만난 순간부터 레기가 도저히 이해할 수 없는 어떤 이유로 앤은 그를 향해 웃었다. 왜 그랬을까? 그들이 어디에 있었느냐, 무슨 이야기를 하느냐 하는 것은 상관없었다. 될수록 진지하게, 아주 진지하게 ─ 여하튼 레기에 관한 한 ─ 이야기가 시작되는 것 같았다. 그러나 그때 갑자기 이야기 도중에 앤이 그를 힐끗 보곤 했다. 그 순간 엷은 경련이 그녀의 얼굴에 일었다. 그녀의 입술이 열리고 눈이 동요되고 다시 그녀는 웃기 시작했다.

이것에 관련하여 또 한 가지 이상한 일은, 그녀 자신도 왜 웃는지 모른다는 사실을 레기는 알았다. 앤이 몸을 돌리고 찡그리며 양 볼을 긴장시키고 두 손을 모아 잡은 모습을 레기는 보았던 터였다. 그러나 그것도 소용없었다.

"내가 왜 웃는지 나도 몰라요."

말하는 사이사이에도 길고 낮은 웃음소리가 섞였다. 이것은 신비였다…….

지금 그녀는 손수건을 치웠다.

"앉으세요. 담배 피우시겠어요? 당신 곁에 있는 작은 상자 속에 담배가 있어요. 저도 한 대 피우겠어요."

그녀가 말했다. 그는 그녀에게 성냥불을 켜서 갖다 댔다. 그녀가 앞으로 몸을 굽힐 때 그녀의 진주반지 속에서 작은 불꽃이 타오르는 것이 레기의 눈에 보였다.

"내일 이곳을 떠나시나요?"

앤이 말했다.

"네, 예정대로 내일 떠납니다."

레기는 말하고 작은 부채꼴 연기를 불어냈다. 도대체 왜 그는 이렇게 불안할까? 불안이란 어휘는 적합하지 않았다.

"이건 도저히 믿기 어려운 일입니다."

그는 덧붙였다.

"네, 그건 그래요."

앤이 낮게 말했다. 그러고는 앞으로 몸을 굽혀 피던 담배의 끝을 초록색 재떨이 둘레에 대고 굴렸다. 저 모습은 얼마나 아름다운가! 그냥 아름다울 따름이었다. 게다가 그 큰 의자에 앉아 있어 매우 체구가 작아 보였다. 레기의 가슴은 애정으로 부풀었다. 그러나 그를 떨게 한 것은 그녀의 목소리, 그녀의 부드러운 목소리였다.

"당신이 여기에 온 지 여러 해 된 것 같군요."

그녀가 말했다.

레기는 담배를 깊게 빨았다.

"지긋지긋하군요. 돌아간다고 생각하니까."

그가 말했다.

"쿠룩 쿠 쿠 쿠 쿠우."

조용함 속에서 이런 소리가 들렸다.

"하지만 댁에선 그곳에 가는 것을 좋아하시잖아요?"

앤이 말했다. 그녀는 손가락을 진주 목걸이에 꿰었다.

"요전 밤에 아버님도 말씀하시더군요. 당신은 자신의 생활을 가졌으니까 행운아로 생각한다고 하셨어요."

그녀는 그를 쳐다보았다. 레기의 웃음은 오히려 기력을 잃은 듯했다.

"그다지 행운이라고는 생각지 않습니다."

그는 가볍게 말했다.

"루―쿠 쿠 쿠" 하는 소리가 다시 들렸다. 그때 앤이 속삭였다.

"외롭다는 말씀이시군요."

"아닙니다. 외로움 같은 것엔 관심이 없습니다."

이렇게 말하고 레기는 초록색 재떨이에다 담배를 잔인하게 짓눌렀다.

"외로움 같은 것은 얼마든지 참을 수 있습니다. 차라리 그게 좋아졌습니다. 사실은 그⋯⋯."

갑자기 그의 얼굴이 붉어졌다. 그는 놀랐다.

"루—쿠 쿠 쿠 쿠! 루—쿠 쿠 쿠 쿠!"

앤은 벌떡 일어났다.

"와서 우리 비둘기들에게 작별인사 하세요. 비둘기들은 옆 테라스로 이사 갔거든요. 레기, 비둘기 좋아하시죠?"

"지독히 좋아합니다."

레기가 너무나 힘차게 말했기 때문에 그가 그녀를 위해 프랑스식 창문을 열고 한편으로 물러설 때 앤은 앞으로 달려와서 레기 대신 비둘기를 향해 웃음을 터뜨렸다.

비둘기 집 바닥에 깔린 가늘고 붉은 모래 위에서 비둘기 두 마리가 이리저리 움직였다. 한 마리가 늘 다른 것보다 앞장을 섰다. 한 마리가 작게 외치는 소리를 내며 앞으로 가면 또 한 마리는 경건하게 고개를 숙여 절을 꾸벅꾸벅 하면서 뒤를 따랐다.

"저기 보세요. 앞에 있는 것이 비둘기 부인이에요. 그녀는 비둘기 씨를 보고 저렇게 작은 소리로 웃고는 앞으로 뛰어가요. 그러면 비둘기 씨는 꾸벅꾸벅 절하면서 뒤를 따라가요. 그 모습이 비둘기 부인의 웃음보를 다시 터뜨리는 거예요. 비둘기 부인은 달아나고 그 뒤를……."

앤은 소리 지르듯 말하고 쪼그리고 앉았다.

"가엾은 비둘기 씨가 꾸벅꾸벅 절하며 따라와요. 그것이 저 부부의 생활 전부예요. 다른 짓은 전혀 안 해요."

그녀는 다시 일어나서 비둘기 집 지붕 위에 있는 자루에서 노르스름한 곡식을 꺼냈다.

"로디지어에 가셔서 비둘기 생각이 나면 그게 바로 비둘기들이 하는 짓이라는 확신이 설 거예요……."

레기는 비둘기를 본다든가 앤의 이야기를 들었다는 기색을 전혀 나타내지 않았다. 그때 그는 자신의 내면적 비밀을 떼어내어 앤에게 전달하겠다는 엄청난 노력을 경주하는 자신을 의식할 뿐이었다.

"앤, 나를 좋아할 수 있을 것 같습니까?"

기어코 행하고 말았다. 이제 끝난 것이다. 이 말에 이어 온 짧은 시간 속에서 레기는 빛을 환히 받는 정원, 파랗게 경련하는 하늘, 테라스 기둥에서 퍼덕이는 나뭇잎, 그리고 한 손가락으로 손바닥 위에서 옥수수 낟알을 굴리는 앤을 보았다. 다음 순간 앤이 서서히 주먹을 쥐어 손바닥을 닫았다. 그러고 나서 "아뇨, 그런 식으로는 절대로" 하고 느린 어조로 중얼거렸을 때 신천지는 빛을 잃었다. 그러나 레기가 무엇을 느낄 틈도 없이 그녀가 급히 걸어가기 시작했다.

그는 그녀의 뒤를 따라 계단을 내려가 정원의 통로를 따라 가서 다시 분홍색 장미의 아치 밑을 지나 잔디밭을 횡단했다. 밝은 풀이 경계를 따라 자라는 곳을 뒤로 하고 앤은 레기를 마주 보았다.

"당신을 지독히 싫어한다는 말은 아니에요. 좋아하고 있어요. 하지만—."

여기에서 그녀의 눈이 커졌다.

"저 다른 방식이지만"—그녀의 얼굴에 경련이 스쳤다—"우리가 정말로 누구를 좋아하는 방식과는 달라요."

그녀의 입술이 열렸다. 그녀는 참을 수 없었다. 그녀는 웃기 시작했다.

"저 말이죠, 저 말이죠."

그녀의 음성이 높아졌다.

"당신의 체크무늬 넥타이 밀인데요. 지금 정말 진지해지겠다고 생각하는 이 순간에도 당신의 타이를 보니까 사진 속 고양이 목에 달아준 나비넥타이가 생각나서 죽겠어요! 제발 용서하세요. 이렇게 실례되는 말을 하는 것을 말예요."

레기는 그녀의 작고 따뜻한 손을 잡았다.

"당신을 용서하다니, 그런 건 문제가 아닙니다."

그는 빠른 어조로 말했다.

"어떻게 그런 것이 있을 수 있겠습니까? 내가 당신을 웃게 하는 이유를 나도 알 것 같습니다. 당신은 모든 면에서 나보다 훨씬 우월하기 때문에 내가 어딘가 우습게 보이는 것일 겁니다. 앤, 나도 그것을 압니다. 그렇지만 내가 만일—."

"아니, 아니에요. 그렇지 않아요."

앤은 그의 손을 힘껏 눌렀다.

"전혀 그렇지 않아요. 나는 당신보다 전혀 우월하지 않아요. 당신이 나보다 훨씬 훌륭하세요. 당신은 놀라울 정도로 이기심이 없어요……. 친절하고 순진하세요. 나는 그런 것을 전혀 갖지 못한 여자예요. 당신은 나라는 인간을 모르세요. 나는 정말 나쁜 사람이에요."

앤이 말했다.

"내 말을 가로막지 마세요. 그것 말고도…… 그것은 문제가 아니에요. 문제는—."

그녀는 고개를 저었다.

"난 보았을 때 웃음이 나오는 남자와는 결혼할 수 없어요. 그 점을 이해하시겠지요? 내가 결혼할 사람은—."

앤은 속삭이듯 말했다. 그녀는 말을 끊었다. 그녀는 손을 치우고 레기를 바라보면서 야릇하게, 꿈을 꾸듯 웃었다.

"내가 결혼할 사람은 —."

그 순간 레기는 키가 크고 잘생긴 똑똑한 남자가 자기 앞으로 성큼 나서서 자신의 자리를 차지하는 것같이 느꼈다. 앤과 함께 그가 자주 극장에서 본 남자인데, 어디에선가 무대에 나타나서 아무 말도 하지 않고 여주인공을 양팔로 포옹하고 오랫동안 지그시 바라보고 나서 그녀를 어딘가로 데려가버리는…….

레기는 이 환영 앞에 고개를 숙여 인사했다.

"네, 나도 압니다."

그의 목소리는 쉬어 있었다.

"아세요?"

앤이 말했다.

"오, 정말 알기를 진심으로 바라요. 너무나 실례가 되는 이야기라서 설명하기가 매우 어려워요. 나는 이제까지 한 번도 —."

여기에서 그녀는 말을 멈췄다. 레기가 그녀를 바라보았다. 그녀는 웃음지었다.

"우습지 않아요?"

그녀가 말을 이었다.

"나는 당신에겐 무슨 말이라도 할 수 있어요. 처음부터 그럴 수 있었잖아요."

레기는 "그런 말을 들으니 기쁩니다" 하고 말하기 위해 웃음을 지으려 했다. 그러나 그녀가 말을 계속했다.

"나는 이제까지 당신만큼 좋아하는 사람이 없었어요. 어떤 사람과도 이처럼 행복을 느낀 직이 없어요. 하지만 이것은, 사랑이란 것을 이야기할 때 사람들이 의미하는 것이나 책에 씌어 있는 것하고는 다르다고 확신해요. 아시겠어요? 저의 미안한 본심을 알아주셨으면 해요. 하지만 우리는 마치…… 마치 저 비둘기 씨와 비둘기 부인이 된 것 같은 느낌이에요."

그것이 끝이었다. 그것은 레기에게 결정적인 것으로 보였고 너무나 옳은 말이어서 그로서는 거의 참을 수 없었다.

"다음 이야기는 하지 마십시오."

이렇게 말한 레기는 앤에게서 고개를 돌려 잔디밭 저편을 보았다. 거기에는 정원사의 오두막이 있었고 그 옆에는 어두운 감탕나무가 있었다. 투명한 연기의 젖은 듯한 푸른 가닥 한 줄기가 굴뚝 위에 걸려 있었다. 그것은 현실처럼 보이지 않았다. 그는 목이 몹시 아팠다. 이야기할 수 있을까? 한 방 맞은 것이다.

"이제 가봐야겠습니다."

그는 목 메인 소리로 말하고 잔디밭을 가로질러 걷기 시작했다.

그러나 앤이 그의 뒤를 따라 달려왔다.

"가지 마세요. 아직 가면 싫어요."

그녀는 애원하듯 말했다.

"그런 기분으로 돌아가시면 난 싫어요."

그녀는 찡그린 얼굴에 입술을 깨물며 그를 올려다보았다.

"아니, 괜찮습니다."

레기는 몸을 흔들면서 말했다.

"나는…… 나는……."

그는 "참을 수 있을 겁니다"라고 말하듯 손을 흔들었다.

"하지만 이건 끔찍해요."

앤은 양손을 합장한 자세로 그의 앞에 섰다.

"우리가 결혼하면 얼마나 치명적인 것이 될 것인가를 당신도 아시죠?"

"네, 네, 잘 압니다."

레기는 핼쑥한 눈으로 그녀를 바라보며 말했다.

"정말 나의 감정은 그릇되고 악하기 그지없어요. 비둘기 씨와 비둘기 부인의 경우는 그래도 괜찮아요. 하지만 그것이 현실 속에서 일어났다고 상상하면 — 상상해보세요!"

"정말 옳은 말씀입니다."

레기는 말하고 걷기 시작했다. 그러나 앤이 다시 그를 제지했다. 그녀는 레기의 소매를 붙들었다. 그런데 이번에는 놀랍게도 웃는 것이 아니라 울음을 터뜨리려는 어린 소녀 같았다.

"당신도 이해하신다면 왜 그렇게 불행한 표정을 지으시죠?"

그녀는 울음 섞인 목소리로 말했다.

"왜 그렇게 깊이 신경 쓰시죠? 왜 그렇게 어두운 얼굴을 하시죠?"

레기는 꿀꺽 감정을 삼키고 다시 무언가를 떠나 보내듯 손을 흔들었다.

"어쩔 수 없습니다. 나는 강타를 맞은 겁니다. 지금 절연하면 나도 무언가 — ."

"여기서 절연하다니, 어떻게 그런 말을 하실 수 있으시죠?"

앤은 냉소적으로 말했다. 그녀는 레기를 향해 발로 땅을 굴렀다. 그녀의 얼굴은 심홍색이었다.

"어떻게 그렇게 잔인할 수 있으시죠? 나는 당신이 결혼 신청을 하기 전처럼 즐거운 마음으로 돌아간 것을 확인하기까지는 여기서 당신을 보낼 수 없어요. 그것은 당신도 알아야 해요. 그건 간단한 일 아녜요?"

그러나 그것은 전혀 간단하게 느껴지지 않았다. 그것은 불가능할 정도로 어렵게 느껴졌다.

"설사 당신과 결혼할 수 없다 하더라도, 먼 곳에 떨어져 편지할 상대는 다만 끔찍한 어머니뿐이어서 당신이 비참하게 되었는데 그것이 모두 내 잘못이라는 것을 내가 어찌 알 수 있겠어요?"

"그건 당신의 잘못이 아닙니다. 그런 생각은 하지 마십시오. 이것은 모두가 운명입니다."

레기는 그의 소매에서 떨어져 나가는 그녀의 손을 잡고 거기에 키스했다.

"귀여운 앤 양, 나를 동정하지 마십시오."

그는 온화하게 말했다. 그리고는 이번에야말로 거의 뛰다시피 해서 분홍색 아치 밑을 지나 정원의 통로를 따라갔다.

"루―쿠―쿠, 루―쿠―쿠―쿠!"

테라스에서 들려오는 소리였다.

"레기, 레기!"

이건 정원에서 들려오는 소리였다.

그는 발을 멈추고 돌아보았다. 그러나 그의 수줍고 당황한 표정을 목격하자 그녀는 작은 웃음소리를 냈다.

"이리 돌아오세요, 비둘기 씨."

앤이 말했다. 그러자 레기는 잔디밭을 가로질러 천천히 걸어왔다.

신식 결혼

역으로 가는 도중에 윌리엄은 꼬마들에게 줄 선물이 하나도 없다는 것을 상기하고 다시금 가슴 아픈 실망을 느꼈다. 가엾은 것들! 아이들에게 안된 일이다. 그를 마중하러 뛰어나오면서 그들이 말하는 첫마디는 "아빠, 선물 뭐야?"였다. 그런데 그는 아무것도 갖고 있지 않았다. 역에 가서 무슨 사탕과자라도 사가지고 가야겠다. 그러나 벌써 네 번이나 계속해서 토요일마다 그렇게 했던 그였다. 지난 번 똑같이 낡은 상자를 내놓는 것을 보았을 때 아이들의 얼굴에 실망의 그림자가 감돌았다.

그런데 "나한테는 요전에 빨간 리본이었어!" 하고 패디가 말했었다.

그러자 조니도 "난 언제나 분홍색이야. 그게 제일 싫어!" 하고 맞장구쳤다.

하지만 어떻게 해야 옳지? 이것은 간단히 해결되는 게 아니다. 옛날 같으면 말할 것 없이 윌리엄은 택시에서 내려 커다란 완구점에 들러 5분 정도를 소비하여 무엇인가를 골라잡았다. 그러나 요즘에 와서 이 상점은 러시아 장난감, 프랑스 장난감, 세르비아 장난감—게다가 어느 나라에서 들어온 것인지 분간할 수 없는 장난감을 취급했다. "이건 너무나 감상적이어서 아이들의 형태 감각을 길러주는 데 부적합하기 그지없다"는 이유로 이사벨이 낡은 당나귀와 기관차 등의 장난감을 모두 버린 것이 어언 1년 전의 일이었다.

"중요한 일이에요."

신식 여성인 이사벨이 설명했다.

"어린애들이 처음부터 올바른 물건을 좋아하게 되어야 해요. 훗날에 그것이 많은 시간을 절약해줄 거예요. 어린것들이 이런 끔찍한 것들이나 바라보며 유년기를 보낸다면 자라서 로열 아카데미〔런던에서 매년 열리는 미술 전람회〕에 데려가달라고 졸라댈 게 분명한 거예요."

그녀는 로열 아카데미를 보러 가는 사람은 누구나 즉사하고 만다는 듯이 이야기했다.

"글쎄, 난 잘 모르겠어. 내가 그애들 나이 적에는 항상 매듭을 만든 낡은 타월을 안고 자는 버릇이 있었어."

윌리엄이 느릿느릿 말했다.

신식 이사벨은 눈을 가늘게 뜨고 그를 바라보았다. 그녀의 입술 사이가 벌어졌다.

"윌리엄, 당신이야 그랬겠지요."

그녀는 신식으로 웃었다.

사탕과자 사는 것 이외엔 도리가 없군 하고 택시 기사에게 지불할 잔돈을 주머니 속에서 찾으면서 윌리엄은 우울하게 생각했다. 그 순간 아이들이 상자를 돌리며 나누는 모습이 눈에 선했다 ─ 아주 착한 어린것들이야! ─ 한편 이사벨이 아끼는 친구들이 주저없이 먹어대는 모습이 떠올랐다······.

과일이면 어떨까? 윌리엄은 역 구내에 있는 노점 앞을 서성댔다. 각자에게 참외를 사가면 어떨까? 그들은 그것도 나눠 먹을까? 아니면 패디에겐 파인애플을 사고 조니에겐 참외를 사갈까? 이사벨의 친구들은 아이들이 식사하는 틈을 타서 몰래 아이들 방으로 올라가지는 않을 것이다. 어쨌거나 참외를 사는 동안 이사벨의 친구인 젊은 시인이 무슨 이유인지 아이들 방 문 뒤에서 한 조각을 먹는 기분 나쁜 광경이 윌리엄의 뇌리를 스쳤다.

거북한 꾸러미 두 개를 들고 그는 기차 쪽으로 활보했다. 플랫폼은 사람으로 붐볐고 기차는 들어와 있었다. 문들이 열리고 닫혔다. 기관차에서 나는 치익 하는 소리가 어찌나 요란한지 사람들은 당황한 표정으로 이리 뛰고 저리 뛰었다. 윌리엄은 곧장 일등 흡연칸을 향해 가서 그곳에 가방과 꾸러미를 치워놓고는 그의 속주머니에서 큼직한 서류 다발을 꺼내더니 구석 자리에 털썩 앉아 읽기 시작했다.

"더욱이 의뢰인은 태도가 강경해서…… 우리는 재고할 용의가 있으며…… 만일……."

아, 그것이 더 낫군. 윌리엄은 그의 짧은 머리를 뒤로 가지런히 쓰다듬고 나서 차의 바닥을 가로질러 양다리를 뻗었다. 그의 가슴을 늘 괴롭히는 꺼림칙한 응어리가 가라앉았다. "우리의 결정에 관해서는―" 그는 파란 연필을 꺼내어 문단 하나를 천천히 끝냈다.

두 남자가 들어와서 그의 앞을 지나 훨씬 안쪽 구석으로 들어갔다. 젊은 남자가 선반에다 골프 도구를 얹고는 맞은쪽에 앉았다. 기차는 살며시 흔들리더니 출발했다. 윌리엄은 창밖으로 눈길을 던져 덥고 밝은 역이 뒤로 퇴각하는 것을 바라보았다. 얼굴이 빨간 소녀가 열차 곁을 달려왔는데, 그녀가 손을 흔들며 누구를 부르는 거동에는 긴장되고 거의 필사적인 무엇이 있었다.

'히스테리로군!'

윌리엄은 멍청한 생각을 떠올렸다. 다음에는 기름때가 묻은 얼굴이 검은 노동자가 플랫폼 끝에서 지나가는 열차를 향해 이를 드러내며 웃고 있었다. 그래서 윌리엄은 '구저분한 인생!' 하는 생각을 떠올리며 다시 서류로 돌아갔다.

그가 다시 눈을 들었을 때, 들판과 어두운 나무 밑에서 휴식처를 찾으며 서 있는 가축이 보였다. 낮은 곳에서 벌거벗은 아이들이 첨벙거리는 넓은 강이 시야로 미끄러져 들어왔다가는 다시 사라졌다. 하늘은 창백한 빛을 발했고 새 한 마리가 그 하늘 속을 마치 보석 속의 검은 티처럼 표류했다.

"우리는 의뢰인의 서류철을 조사했는데……."

그가 읽은 마지막 문장이 그의 의식 속에서 메아리쳤다.

"우리는 조사했는데……."

윌리엄은 그 문장을 붙들고 늘어졌지만 소용없었다. 그것은 중도에서 잘렸고 들판, 하늘, 날아가는 새, 물 등 모든 것이 "이사벨"이라고 말했다. 토요일 오후면 언제나 이러했다. 이사벨을 만나러 가는 도중이면 언제나 수없이 많은 가공적 만남이 시작되었다. 그녀가 역에 나와 타인들과 좀 떨어져 서 있다. 그녀가 밖에 세운, 지붕을 연 택시에 앉아 있다. 정원으로 이끄는 문가에 나와 있다. 말라 시든 풀밭을 걸어온다. 문에 서 있거나 그냥 홀 안에 있는 경우……. 이러한 상상이었다.

그러면 그녀의 맑고 경쾌한 목소리가 말한다. "윌리엄이었군요." 또는 "어서 오세요, 윌리엄!" 또는 "아, 윌리엄이 마침내 오셨군요!" 그러면 그는 그녀의 서늘한 손과 서늘한 볼을 느꼈다.

이사벨은 정말 미묘하도록 싱싱한 여자야! 어렸을 때 그는 소나기가 퍼붓고 지나간 후면 정원으로 뛰어나가 장미 덤불을 흔들어 물방울을 머리에 뒤집어쓰는 것이 기쁨이었다. 이사벨은 바로 그 장미 덤불이다. 부드러운 꽃잎과 섬광을 발하는 서늘한 장미 덤불이다. 그는 아직도 그때의 어린아이였다. 그러나 이제는 정원으로 뛰어나갈 수도 없고 웃으며 장미 가지를 흔들 수도 없었다. 막연하고 집요한 가슴의 통증이 다시 시작되었다. 그는 쭉 뻗은 다리를 접고 서류를 치우고 눈을 감았다.

"이사벨, 이게 뭐지? 이게 뭐야?"

그는 부드럽게 말했다. 그들의 새 집 침실에 있다. 이사벨은 검고 붉은, 작은 상자가 흩어져서 놓인 화장대 앞, 색칠한 의자에 앉아 있다.

"윌리엄, 뭐가 뭐예요?"

그녀는 앞으로 몸을 굽혔다. 그러자 그녀의 금발이 볼 위로 늘어졌다.

"봐, 알면서!"

그는 낯선 방 한가운데에 서서 자신이 타인이 된 느낌이었다. 그러자 이사벨은 몸을 뱅글 돌려 그를 향했다.

"오, 윌리엄!"

그녀는 애원하듯 외쳤다. 그러고는 머리빗을 쳐들었다.

"제발! 제발 그렇게 화난―비극적인 얼굴을 하지 마세요. 당신은 항상 제가 변했다고 말하기도 하고 그러한 표정을 짓기도 하고 암시하지요. 제가 정말 마음에 맞는 인간들을 만나고 더 자주 외출하고 모든 것에 지나치게 집중한다는 이유만으로 당신은 제가―."

이사벨은 머리를 뒤로 재빨리 넘기며 웃었다―.

"제가 우리의 애정 같은 것을 말살시킨 것처럼 행동하고 있어요. 그건 정말 어리석은 짓이에요."

그녀는 입술을 깨물었다.

"그건 터무니없는 생각이에요. 윌리엄, 당신은 이 새 집이나 하인들까지도 나에게 허락한 것을 아깝게 생각하는 거예요."

"이사벨!"

"아니, 그건 어느 의미에선 사실이에요."

이사벨이 재빨리 입을 열었다.

"당신은 그것이 또 하나의 나쁜 징조라고 생각하시죠? 난 모두 알아요. 느낄 수 있어요."

그녀는 부드럽게 말했다.

"당신이 계단을 올라올 때마다 느끼는 일이에요. 하지만 그 질식할 것 같은 작은 동굴 속에서 계속 살 수만은 없잖아요? 윌리엄, 적어도 실질적인 문제도 생각하세요. 사실 아이들이 있을 장소도 없었잖아요."

없었지. 그건 사실이다. 매일 아침 그가 법학회관 사무실에서 돌아오면 아기들은 뒤쪽 응접실에 이사벨과 같이 있었다. 그들은 소파의 등받이에 걸쳐놓은 표범 가죽에서 말 타기를 하기도 하고 이사벨의 책상을 판매대 삼아 상점 놀이도 하고 패디는 벽로 앞에 깔아놓은 양탄자에 앉아 놋쇠로 된 작은 석탄 삽으로 열심히 노를 젓는 시늉을 했다. 한편 조니는 부젓가락을 철포 삼아 해적들을 쏘아

댔다. 매일 저녁 아이들은 뚱뚱한 노파 내니에게 가느라고 좁은 계단을 서로 밀어젖히며 올라갔다.

그렇다. 윌리엄도 그것이 숨 막히는 좁은 집이라고 생각했다. 파란 커튼을 치고 페추니아 꽃을 심은 유리 상자를 둔 작고 흰 집이었다. 윌리엄은 "우리 집 페추니아를 보았나? 런던에서는 상당한 것 아니겠나?" 하고 말하며 문에서 친구를 맞아들였다.

그러나 이사벨은 자기처럼 행복하지 못하다는 것을 조금도 인식하지 못했다니 이건 정말 바보스럽고 그야말로 어처구니없는 일이었다. 참으로 눈을 감은 장님이었지! 당시에는 전혀 느끼지 못했다. 이사벨이 그 불편하고 협소한 집을 마음속으로 증오한다는 것, 뚱뚱한 내니가 아이들의 버릇을 망친다고 이사벨이 생각한다는 것, 이사벨이 미칠 정도로 고독하여 새로운 인간들, 새로운 음악, 새로운 그림 등을 열망한다는 사실을 전혀 몰랐다. 혹시 둘이서 모이라 모리슨의 화실에서 있었던 파티에 같이 가지 않았다면 ─ 둘이서 그 장소를 떠날 때 모리슨이 "나는 당신의 아내를 구해줄 참이오, 이기적인 양반아. 그녀는 아름답고 귀여운 티타니아(셰익스피어의 〈한여름 밤의 꿈〉에 나오는 요정의 여왕) 같은 여자요"라고 말하지 않았다면 ─ 혹시 이사벨이 모리슨 여사와 함께 파리에 가지 않았다면 ─ 혹시 ─ 만일…….

열차가 또 역에서 정차했다. 베팅포드였다. 이건 야단이군! 이제 10분 후면 도착한다. 윌리엄은 서류를 그의 주머니에 다시 넣었다. 앞에 앉았던 젊은이는 사라진 지 오래였다. 이제 다른 두 남자도 내린 후였다. 늦은 오후의 태양이 면직 상의를 입은 여자들과 햇볕에 그을은 다리를 내놓은 아이들 위를 비추었다. 그 햇볕은 바위로 쌓은 제방 위로 조잡한 잎을 너울거리며 피어난 노란 명수 같은 꽃 위에서 불타올랐다. 창문을 비집고 들어오는 공기에는 비릿한 바다 내음이 섞였다. 이사벨은 이번 주말에도 늘 같이 만나는 그 패거리와 어울릴까 하고 윌리엄은 생각했다.

그러고는 윌리엄은 둘이서 보낸 휴일들을 회상했다. 아기들을 돌봐주는 로즈라는 소녀와 일가(一家) 네 명을 회상했다. 이사벨은 짧은 상의를 입고 머리를 땋았다. 마치 열네 살짜리 소녀 같았지! 아이쿠! 내 코에서 자꾸만 허물이 벗겨졌지! 둘은 음식을 지독히 먹었지……. 서로 다리를 끼고 널찍한 깃털 침대 위에서 얼마나 달콤한 잠을 많이 잤던가……! 윌리엄은 이사벨이 현재 그가 간직한 감상적인 기분을 완전히 안다면 깜짝 놀랄 것이라고 생각하고는 씁쓸한 웃음을 금할 수 없었다.

"어서 오세요, 윌리엄!"
결국 그녀는 역에 나와 있었다. 그가 상상했던 대로 타인들에게서 떨어져 서 있었다. 그런데 ─ 윌리엄의 가슴은 두근거렸다 ─ 그녀는 혼자였다.
"이사벨, 나야!"
윌리엄은 응시했다. 이사벨이 어찌나 아름다운지 "당신 퍽 시원해 보이는군" 정도의 무슨 말을 해야 한다고 그는 생각했다.
"그래요?"
이사벨이 말했다.
"난 그다지 시원함을 느끼지 못하는 걸요. 자, 어서 오세요. 저 낡고 시원찮은 기차가 연착했어요. 택시가 밖에서 기다려요."

둘이서 개찰구를 통과했을 때 그녀는 가볍게 손을 그의 팔에 얹었다.

"우리 모두가 당신을 마중하러 나왔어요. 보비 케인만 과자점에 남겨두고 왔는데, 나중에 데리고 가기로 했어요."

그녀가 말했다.

"아, 그래?"

윌리엄이 말했다. 그 순간 그가 말할 수 있는 것은 그뿐이었다.

밖에 나와 보니 동그란 조명 속에 택시가 있었다. 빌 헌트와 데니스 그린이 한쪽 편에 몸을 뻗고 얼굴을 가리도록 모자를 깊숙이 쓰고 있었고 또 한편에서는 거대한 딸기 모양의 보닛을 쓰고 모이라 모리슨이 깡충깡충 뛰었다.

"얼음 없습니다. 얼음 없습니다. 얼음 없다니까요."

그녀가 명랑하게 외쳤다.

그러자 데니스가 모자 밑에서 맞장구쳤다.

"생선 가게에서 얻을 수밖에 없어."

그러자 빌 헌트가 등장하여 "모든 생선을 그 안에 넣어서" 하고 덧붙였다.

"아, 지겨워!"

이사벨이 비명조로 말했다. 그러더니 그녀는 그네들이 자신이 윌리엄을 기다리는 동안 온 거리로 얼음을 구하러 돌아다녔다고 윌리엄에게 이야기했다.

"너무 더워서 버터를 비롯한 모든 것이 녹아내려요."

"우린 버터로 몸을 정화시켜야 할 거야."

데니스가 말했다.

"윌리엄, 그대의 머리에 기름이 떨어지지 말지어다."

"이봐, 우리 어떻게 앉을까? 내가 운전기사 곁으로 갈까?"

윌리엄이 말했다.

"아니에요. 보비 케인이 운전기사 곁으로 가야 돼요. 당신은 모이라와 나 사이에 앉으세요."

이사벨이 말했다. 택시가 출발했다.

"그 신비한 꾸러미 속에 든 것이 뭐지요?"

"목을 잘린 목!"

빌 헌트가 그의 모자 밑에서 몸서리를 치며 말했다.

"어머, 과일!"

"현명한 윌리엄! 참외와 파인애플, 아, 기분 좋아라!"

이사벨의 목소리에는 기쁨이 담겼다.

"아니, 좀 기다려. 아이들에게 주려고 사온 거야."

윌리엄이 웃음을 지으며 말했다. 그러나 실은 걱정이 태산 같았다.

"어머, 그래요?"

이사벨이 웃으며 윌리엄의 팔 사이로 손을 밀어 넣었다.

"아이들에게 이런 것을 먹이면 복통이 나서 데굴데굴 굴러요. 이건 안 돼요."

그녀는 윌리엄의 손을 가볍게 때렸다.

"이 다음에 뭐 다른 것이나 사다주세요. 난 이 파인애플과 작별하는 게 싫어!"

"잔인한 이사벨! 나도 그것 좀 맡아보게 해줘!"

모이라가 말했다. 그녀는 애원하듯 팔을 윌리엄 쪽으로 뻗었다.

"오!"

딸기 보닛이 앞으로 떨어졌다. 그리하여 그녀의 소리는 아주 희미했다.

"파인애플과 연애하는 숙녀."

데니스가 말했다. 바로 그때 택시는 줄무늬가 있는 덧창이 달린 작은 상점 앞에 멎었다. 보비 케인이 작은 꾸러미들을 한 아름 안고 밖으로 나왔다.

"이게 다 좋았으면 좋겠는데, 색깔이 좋아서 골랐지. 둥글고 너무나 성스럽게 보여서…… 이 누가를 봐."

그는 희열에 차서 부르짖었다.

"보기만 하란 말야. 이것은 그야말로 작은 발레단이야."

그러나 그 순간 점원이 나타났다.

"아, 깜박 잊었군! 돈을 지불하지 않았어."

보비가 놀란 표정으로 말했다. 이사벨이 지폐를 점원에게 건네주자 보비는 다시 명랑해졌다.

"야, 윌리엄! 난 운전기사 곁에 앉겠어."

모자는 쓰지 않고 온통 흰 옷을 입고 소매는 어깨까지 걷어 올린 보비가 제자리로 뛰어올랐다.

"아방티!(전진)"

그가 외쳤다.

차를 마시고 나서 모두 수영하러 나갔다. 한편 윌리엄은 집에 머물러 애들과 놀았다. 그러나 조니와 패디는 잠들고 장미처럼 붉던 석양이 가시고 박쥐들이 날았지만 수영 나간 사람들은 돌아오지 않았다. 윌리엄이 아래층으로 어슬렁어슬렁 내려갔을 때 가정부가 램프를 들고 홀을 건너왔다. 그는 그녀를 따라 응접실로 들어갔다. 그곳은 노랗게 칠한 긴 방이었다. 윌리엄을 정면으로 향한 벽에는 누군가가 그린 청년의 그림이 있었다. 실물보다 더 컸으며 후들거리는 다리를 가진 청년이 젊은 여자에게 활짝 핀 들국화를 내밀었다. 그 여자의 한쪽 팔은 매우 짧았고 한쪽 팔은 매우 길고 가늘었다. 의자와 소파 위에는 깨진 달걀 같이 큼직한, 물감을 흩뿌린 듯한 무늬로 덮인 검은 천 조각이 걸렸고 어디를 보아도 담배꽁초가 철철 넘치는 재떨이가 있는 것 같았다.

윌리엄은 안락의자 중 하나를 골라 앉았다. 요즘에는 한 손을 안락의자의 구석으로 내려 더듬어보아도 다리가 셋 달린 양이나 뿔 한쪽을 잃은 암소나 노아의 방주에서 나온 통통한 비둘기 같은 장난감은 손에 닿지 않았다. 다만 얼룩진 것같이 보이는 시를 인쇄한 작은 책, 종이로 겉장을 덮은 책자가 손에 걸려 올라왔다……. 그는 주머니 속의 서류철을 생각했다. 그러나 너무 배가 고프고 피곤해서 읽을 수 없었다. 문이 열리고 소리가 부엌에서 들려왔다. 하인들이 집 안에 저희끼리만 있는 것처럼 이야기했다. 갑자기 높다란 웃음소리가 들리더니 그와 동시에 "조용!" 하는 큰 목소리가 들렸다. 하인들은 윌리엄이 있다는 것을 기억해낸 것이다. 윌리엄은 일어나서 프랑스식 창을 통해 정원으로 나갔다. 그곳에 서 있을 때 수영 갔던 치들이 모랫길을 올라오는 소리가 들렸다. 그들의 목소리가 적막을 뚫고 울려왔다.

"교묘한 수단을 사용하는 것은 모이라가 할 일이라고 난 생각해."

모이라가 발하는 비극적 신음.

"주말에는 〈산처녀〉라는 곡이 나오던 축음기가 있어야 해."

"아냐! 아냐!"

이건 이사벨의 음성이었다.

"그건 윌리엄에게 부적당해. 얘들아, 그에게 친절을 베풀어라. 그이는 여기에 내일 오후까지밖에 더 있니?"

"윌리엄은 내게 맡겨."

보비 케인이 외쳤다.

"나는 사람을 다루는 데는 도사라니까."

밖의 문이 열렸다가 닫혔다. 윌리엄은 테라스로 갔다. 그네들이 그를 보았다.

"어이! 윌리엄!"

보비 케인은 타월을 흔들면서 말라버린 잔디밭 위에서 뛰면서 발끝으로 돌기 시작했다.

"윌리엄, 같이 수영하지 않은 게 유감이야. 물은 기가 막혔어. 뒤에 우리 모두는 술집으로 가서 슬로우 진을 마시고 오는 길이야."

다른 사람들도 집에 도착했다.

"저, 이사벨."

보비가 불렀다.

"나 오늘 밤 니진스키[러시아의 무용가]풍 옷을 입으면 어떨까?"

"안 돼요. 아무도 옷을 바꿔 입지 않을 거예요. 우리 모두 배가 고파 죽겠어요. 윌리엄도 배가 고플 거예요. 자, 친구들 따라와요. 우리 정어리부터 먹어봅시다."

이사벨이 말했다.

"정어리를 발견했다."

모이라가 말하더니 상자 하나를 허공에 높이 쳐들고 홀로 달려 갔다.

"정어리 상자를 가진 숙녀."

데니스가 심각하게 지껄였다.

"저, 윌리엄. 런던은 어때요?"

위스키 병에서 코르크 마개를 빼면서 빌 헌트가 물었다.

"런던은 별로 변한 것이 없어요."

윌리엄이 대답했다.

"그리운 런던이라……."

정어리를 작살로 찌르며 보비가 명랑하게 말했다.

그러나 잠시 후 그들은 윌리엄을 망각했다. 모이라 모이슨은 인간의 다리는 물 밑에서 실로 무슨 색깔로 나타나느냐고 묻기 시작했다.

"내 것은 아주 엷은 버섯 빛깔이야."

빌과 데니스는 엄청나게 먹었다. 또한 이사벨은 잔에 술을 채우고 접시를 바꾸고 그지없이 행복한 웃음을 지으며 성냥을 찾았다. 한번은 "빌, 당신이 그렸으면 좋겠어요" 하고 이사벨이 말했다.

"그리라니 뭘?"

빌은 입에 빵을 가득 채우며 큰 소리로 말했다.

"우리. 테이블에 둘러앉은 모습을 그리세요. 20년 후에는 아주 재미있는 그림이 될 테니까요."

빌은 눈을 비틀어 올리듯 뜬 채 음식을 씹었다.

"조명이 틀렸어."

그는 거칠게 말했다.

"너무 노란 불빛이 강해."

그렇게 말하며 계속 음식을 먹었다. 그런데 그런 것도 이사벨을 매혹시키는 모양이었다.

그러나 저녁식사가 끝나자 그들은 너무나 피곤해져서 잠자리에 들 시간까지 하품만 했다……

다음날 오후 돌아갈 택시를 기다릴 때에야 비로소 윌리엄은 이사벨과 단둘이 될 수 있었다. 그가 가방을 홀까지 내려왔을 때 이사벨은 다른 무리를 떠나서 그에게로 왔다. 그녀는 몸을 굽혀 가방을 집어 올렸다.

"아이쿠 무거워라!"

그녀는 말하고 어색한 웃음을 보였다.

"내가 옮기겠어요. 문까지!"

"아냐, 왜 당신이? 그건 안 돼. 이리 줘."

윌리엄이 말했다.

"제게 맡기세요. 제가 옮기고 싶어요. 정말."

이사벨이 말했다. 그들은 아무 말 없이 함께 걸었다. 윌리엄은 지금 할 말이 전혀 없다는 느낌이 들었다.

"자!"

이사벨은 가방을 내려놓으면서 의기양양하게 말했다. 그러고는 무엇을 초조하게 기다리듯 모랫길을 내려다보았다.

"이번에는 둘이 있는 시간이 없었던 것 같아요."

그녀는 헐떡이며 말했다.

"너무 기간이 짧았지요? 겨우 오신 것 같은데……. 다음번에는……."

택시가 보였다.

"런던 사람들, 당신을 잘 보살펴주기 바라요. 아이들이 온종일 밖에 나가 있는 게 유감스럽군요. 네일 양이 그렇게 계획을 세웠어요. 아이들이 돌아와서 아빠가 없으면 서운해할 거예요. 윌리엄, 가엾게 그냥 런던으로 돌아가시는군요."

택시가 회전했다.

"안녕!"

그녀는 그에게 가볍고 간단한 키스를 했다. 그러고는 사라졌다.

들판과 나무와 울타리들이 흘러갔다. 차는 텅 비고 눈먼 것 같은 작은 도시를 통과하며 요란하게 흔들렸다. 다시 가파른 경사를 간신히 올라가 역에 도착했다. 기차는 들어와 있었다. 윌리엄은 일등 흡연칸으로 곧장 가서 구석 자리에 앉았다. 그러나 이번에는 서류를 내놓지 않았다. 그는 팔짱을 끼고 막연하고 끈질긴 가슴의 통증을 눌렀다. 그러고는 마음속으로 이사벨에게 보낼 편지를 쓰기 시작했다.

편지는 언제나 그렇듯이 늦었다. 모두 집 밖에 있는 긴 의자에 알락달락한 색깔의 파라솔을 펴놓고 그 밑에 앉아 있었다. 다만 보비 케인만은 이사벨의 발치에 깔린 잔디밭에 앉았다. 날씨는 흐리고 질식할 것 같았다. 깃발처럼 무겁게 늘어진 날이었다.

"천국에도 월요일이라는 게 있을까?"

보비가 어린애 같은 질문을 던졌다.

그러자 데니스가 "천국은 긴 월요일의 연속이야" 하고 중얼거렸다.

그러나 이사벨은 어젯밤에 먹은 연어는 어떻게 된 것인지 의아하게 생각하지 않을 수 없었다. 그녀는 점심에는 생선 마요네즈를 먹을 참이었는데 지금…….

모이라는 자고 있었다. 잠은 그녀가 최근에 발견한 발명품이었다.

"잠이란 정말 멋진 것이야. 사람이 눈만 감으면 그것으로 족하단 말야. 그건 매우 맛있는 거야."

늙고 얼굴이 붉은 집배원이 삼륜차를 타고 모랫길을 덜컹거리며 왔는데, 그 손잡이는 마치 배의 노를 연상시켰다.

빌 헌트는 그의 책을 내려놓았다.

"편지다."

그가 즐거운 듯이 말했다. 그래서 모든 사람은 기다렸다. 하나 무정한 집배원 같으니! 아, 심지어 사나운 세상아! 다만 편지 한 통뿐이었다. 이사벨에게 온 두툼한 편지였다. 신문 한 장 없었다.

"내 편지도 오직 윌리엄한테서 온 것뿐이야."

이사벨은 애통스럽게 말했다.

"윌리엄한테서? 벌써?"

"윌리엄이 점잖은 경고로 결혼 증명서를 보낸 걸 거야."

"누구나 결혼 증명서라는 것이 있나? 그건 다만 하인들에게 필요한 것인 줄 알았는데……."

"저게 도대체 몇 페이지야. 저 봐. 편지를 읽는 숙녀로군."

데니스가 말했다.

"사랑하는 귀중한 이사벨."

이건 만리장성이었다. 이사벨은 계속 읽어나가는 도중 놀랐던 감정이 질식할 것 같은 감정으로 변했다. 도대체 무엇이 윌리엄을 이처럼……? 이 얼마나 이상한…… 도대체 무엇이 그 사람을……? 그녀는 당황스러웠고 점점 더 흥분되었고 심지어 겁까지 났다. 그것은 윌리엄다운 처사다. 안 그래? 이건 물론 터무니없는 일이다. 바보 같은, 아니 웃기는 일이다.

"하하하! 사람 죽이네!"

어떻게 하면 되지? 이사벨은 의자에 기대앉아 웃기 시작했다. 도저히 웃음이 그칠 것 같지 않았다.

"뭔데? 이야기 좀 해!"

"꼭 이야기해야 돼!"

다른 사람들이 말했다.

"나도 이야기하고 싶어."

이사벨은 킬킬거렸다. 그녀는 곧바로 일어나 앉아 편지를 모아 가지고 그들에게 흔들어 보였다.

"자, 모여. 자, 들어봐. 너무나 놀라운 편지야. 연애 편지야."

"연애 편지! 그건 기가 막힌 거야!"

"사랑하는 귀중한 이사벨!"

그러나 그녀가 읽기 시작하자마자 그들의 웃음이 읽는 것을 중단시켰다.

"이사벨, 계속해. 그건 완전무결하군."

"이건 가장 놀라운 발굴품이야."

"자, 이사벨, 계속해!"

"사랑하는 사람아, 나는 그대의 행복을 방해하는 일은 절대로 하지 않을 것이오."

"오! 오! 오!"

"쉬! 쉬! 쉬!"

그리하여 이사벨은 읽기를 계속했다. 그녀가 끝까지 읽었을 때 그들은 극도의 흥분 상태가 되어 있었다. 보비는 풀밭에서 데굴데굴 굴렀으며 거의 신음하는 것 같았다.

"그것을 전부 있는 그대로 내가 쓰는 새 저서에 사용하고 싶군. 그것에다 1장을 할애하겠어."

데니스가 진지하게 말했다.

"오, 이사벨, 너를 자기의 양팔에 껴안는다는 곳이 멋진 대목이었어."

모이라가 신음하듯 말했다.

"나는 이혼 소송 편지들이 인위적으로 날조된다고 생각했어. 그런데 그런 편지들도 여기에는 미치지 못하는걸."

"나한테 빌려줘. 내가 직접 읽어보게 해줘."

보비 케인이 말했다.

그러나 놀랍게도 이사벨은 편지를 손으로 구겼다. 그녀는 더는 웃지 않았다. 그녀는 일동을 번개같이 둘러보았다. 그녀는 피곤한 표정이었다.

"안 돼. 지금은 안 되겠어요."

그녀는 더듬거렸다.

일동이 다시 침착성을 되찾기도 전에 이사벨은 집으로 달려 들어갔다. 홀을 통과하여 계단을 뛰어올라 침실로 들어갔다. 그녀는 침대 곁에 앉았다.

"아이 비열해! 더럽고 가증스럽고 천박해!"

이사벨이 중얼거렸다. 이사벨은 주먹으로 양 눈을 누르고 몸을 앞뒤로 흔들었다. 그러자 그들의 모습이 다시금 떠올랐다. 이제 네 명이 아니라 오히려 40명 같았다. 모두 그녀가 윌리엄의 편지를 읽는 동안 웃고 야유하고 지분거리고 팔을 휘두르는 모습으로 보였다. 내가 그 얼마나 천박한 일을 한 것일까……. 어찌 그런 짓을 할 수가! "사랑하는 사람아, 나는 그대의 행복을 방해하는 일은 절대로 하지 않을 것이오"라 했지……. 윌리엄! 이사벨은 얼굴을 베개 속에 파묻었다. 그러나 그 조용한 침실조차도 자신이 어떠한 인간인지를 안다는 느낌이 들었다. 천박스럽고 수다스럽고 허영에 빠진 여자라는…….

이윽고 정원에서 목소리가 들려왔다.

"이사벨, 우리 수영하러 갈 테야. 어서 와!"

"그대 윌리엄의 아내여, 어서 오라!"

"가기 전에 한 번 더 불러라. 자, 다시 한 번 불러라!"

이사벨은 일어나 앉았다. 지금이 그 순간이었다. 지금 그녀는 결정해야 한다. 그들과 함께 갈 것인가 아니면 여기에 머물러 윌리엄에게 편지를 쓸 것인가를. 어느 쪽? 어느 쪽이 옳은가?

"내가 결심해야 해."

거기에는 의문의 여지가 없는 거다! 물론 집에 머물러 편지를 써야 한다.

"티타니아!"

모이라의 높은 음성이 들렸다.

"이사벨?"

아니, 이건 너무너무 어려운 일이다.

"난 그들과 함께 가겠어. 윌리엄에게는 나중에 쓰지. 딴 시간에 — 나중에. 지금은 좋지 않아. 하지만 난 틀림없이 쓸 거야."

이사벨은 급히 생각을 회전시켰다.

그러고는 신식으로 웃으면서 이사벨은 계단을 뛰어 내려왔다.

바다 여행

픽턴 행 기선은 11시 반에 떠날 예정이었다. 아름다운 밤이어서 온화하고 별이 빛났다. 단지 그들이 마차에서 내려 항구 속으로 뻗어나간 "옛 부두"를 따라 걸어갈 때 물위를 스치며 불어오는 미풍이 페넬라의 모자 아래쪽에 주름을 만들었다. 그래서 그녀는 손을 들어 그곳을 잠재웠다. 옛 부두 위는 어두웠다. 몹시 어두웠다. 양모(羊毛) 하치장, 가축 운반차, 우뚝 하늘을 찌르고 서 있는 기중기, 작고 쪼그라든 철도 기관차, 이 모두는 딱딱한 어둠으로 조각해낸 물상(物象) 같았다. 여기저기에 있는 둥근 재목 더미 위에는 — 이건 또 거대한 흑버섯의 줄기처럼 보였는데 — 등이 한 개 매달려 있었다. 그러나 그것은 이 칠흑 속에서 수줍게 떨리는 빛을 발하기가 무서운 모양이었다. 그래서 그것은 자신만을 위해 희미하게 타올랐다.

페넬라의 아버지는 빠르고 신경질적인 걸음걸이로 전진했다. 그의 곁에는 그녀의 할머니가 뿌드득뿌드득 소리 나는 검은 얼스터 외투를 입고 수선스럽게 걸었다. 그들이 어찌나 빨리 걷는지 페넬라는 이따금 점잖지 못하게 깡충 뛰어 그들과 보조를 맞춰야 했다. 말끔한 소시지 모양이 되도록 끈으로 자기의 짐을 얽어맨 데다 페넬라는 할머니의 우산도 몸에 매달고 있었다. 그래서 백조의 머리처럼 생긴 우산의 손잡이가 그녀의 어깨를 계속 찔렀다. 마치 그것마저 그녀가 서둘기를 원하는 것 같았다……. 남자들은 모자를 깊숙이 눌러 쓰고 칼라를 세운 채 휙 하고 지나갔다. 숄을 두른 부인들 두세 명이 달리듯 지나갔다. 하얀 털 숄 밖으로 작고 검은 팔과 다리를 드러낸 어린 소년이 아버지와 어머니 틈바구니에 끼어 거칠게 끌려갔다. 그 소년은 크림에 빠진 새끼 파리같이 보였다.

그때 갑자기, 전혀 예상 밖이었기 때문에 페넬라와 할머니도 같이 깡충 뛰어올랐는데, 가장 큰 양모 하치장 뒤에서 부―부―우―우― 하는 소리가 들려왔다. 그 하치장 위에는 한 가닥 구름이 걸려 있었다.

"첫 번째 기적이다."

그녀의 아버지가 간결하게 말했다. 그 순간 픽턴 행 기선이 그들의 시야에 들어왔다. 어두운 잔교 곁에 있는, 둥근 금빛 등들이 염주처럼 엮인 픽턴 행 기선은 이제 차가운 바다로 항해해 나간다기보다 오히려 별들 사이를 운행할 준비를 마친 것같이 보였다. 사람들은 건너다리를 따라 올라갔다. 할머니가 앞서고 다음으로 아버지가 그 뒤를 따르고 페넬라가 맨 뒤에 섰다. 갑판으로 다시 내려가는 높은 계단이 하나 있었다. 스웨터를 입은 늙은 수부가 그 곁에 서 있었는데, 그녀에게 뻣뻣하고 굳은 손을 빌려주었다. 그들은 이제 배에 오른 것이다. 그러나 그들은 급히 서두는 인파를 피하여 상갑판으로 통하는 작은 철제 계단 밑에 서서 작별인사를 나누기 시작했다.

"자, 어머님, 여기 짐이 있습니다."

아버지가 말하며 소시지 모양 보따리 하나를 할머니에게 수었다.

"프랭크, 고맙다."

"선실 예약표는 잘 보관하고 계십니까?"

"응, 염려 마라."

"다른 표들은요?"

할머니는 장갑 안을 더듬어 찾더니 표를 보여주었다.

"됐습니다."

그의 말투가 엄격하게 들렸다. 그러나 아버지를 유심히 바라보던 페넬라는 아버지가 피곤하고 슬픈 얼굴을 한 것을 보았다. 부―우―부―우―우―우! 두 번째 기적이 바로 그들의 머리 위에서 들렸다. 그러자 "더는 내려갈 손님 없습니까?" 하고 외치는 소리가 났다.

"아버님에게 안부 전해주십시오."

이렇게 말하는 아버지의 입술을 페넬라는 바라보았다. 그러자 할머니는 매우 격앙되어 대답했다.

"아무렴, 전하마. 자, 이제 가거라. 내리지 못할라. 프랭크, 이제 그만 내려."

"어머니, 괜찮아요. 아직 3분 남았어요."

놀랍게도 아버지가 모자를 벗는 것을 페넬라는 보았다. 아버지는 할머니를 꼭 껴안았다.

"어머니! 몸 건강하십시오!"

아버지가 말하는 것을 그녀는 들었다.

그러자 할머니는 반지를 낀 약지 근처에 구멍이 난 검은 털실 장갑의 손을 들어 아버지의 볼을 만졌다. 그러고는 "몸 성히 잘 있거

라. 내 용감한 아들아!"

할머니가 흐느꼈다.

이 장면을 보기가 너무나 참기 어려워서 페넬라는 급히 몸을 돌리고 한두 번 눈물을 삼키며 돛대 위에 걸린 작은 초록색 별을 향해 얼굴을 찡그렸다. 그러나 그녀는 다시 몸을 돌려야 했다. 아버지가 떠나려 했기 때문이다.

"페넬라. 잘 가거라. 얌전하게 있거라!"

이렇게 말할 때 아버지의 차고 젖은 콧수염이 그녀의 볼을 쓸었다. 그러나 페넬라는 아버지의 코트 깃을 잡았다.

"저는 거기에 얼마나 머물게 되나요?"

그녀는 걱정스럽게 속삭였다. 아버지는 그녀를 보려 하지 않았다. 그는 그녀를 살며시 뿌리치며 부드럽게 말했다.

"그건 염려하지 않아도 된다. 자, 받아라. 손이 어디 있지?"

그러더니 그녀의 손바닥에 무엇인가를 쥐어주었다.

"1실링이 여기 있다. 필요할 때 쓰거라."

1실링! 그렇다면 나는 영원히 저쪽에 가 있어야 하는 거다!

"아빠!"

페넬라가 외쳤다. 그러나 아버지는 가버렸다. 그는 배에서 제일 마지막으로 내렸다. 선원들은 어깨로 건너다리를 메었다. 거대한 검은 밧줄 뭉치가 하늘을 날아 잔교 위에 쿵 하고 떨어졌다. 벨이 울렸다. 기적이 날카롭게 울렸다. 조용히 어두운 잔교가 서서히 움직이고 미끄러지며 조금씩 이탈하기 시작했다. 이제 잔교와 기선의 동체 사이에는 격류가 형성되었다. 페넬라는 있는 힘을 다하여 열심히 보려고 노력했다. "저기 돌아보는 사람이 아버지일까?" ― 저기 손을 흔드는 사람이? — 저기 혼자 서 있는 사람이? 혼자 걸어가는 사람이? 물의 폭이 점점 넓어지고 더 어두워졌다. 이제 픽턴 행 기선은 서서히 뱃머리를 돌리며 바다를 향했다. 더는 바라보아도 소용없는 일이었다. 보이는 것은 두세 개의 등과 하늘에 걸린 도시의 시계, 그 문자판과 그 밖의 어두운 언덕 위로 작은 점을 이루는 불빛들뿐이었다.

새로 불어오는 바람이 페넬라의 스커트를 거세게 잡아당겼다. 그녀는 할머니에게로 돌아갔다. 할머니는 이제 슬퍼하지 않는 것 같아서 그녀는 적이 안심했다. 소시지 모양의 화물 두 개를 포개놓고 할머니는 그 위에 앉아 있었다. 두 손을 모으고 머리를 약간 한쪽으로 기울이고 앉았다. 할머니의 얼굴에는 무언가 열중하는 밝은 표정이 있었다. 다음 순간 입술이 움직이는 것을 보고 기도하시는구나 하는 것을 짐작할 수 있었다. 그러나 할머니는 기도가 거의 끝났다고 말하듯 페넬라를 향해 밝게 끄덕여 보였다. 할머니는 모았던 손을 풀고 한숨을 토하더니 다시 손을 모으고 몸을 앞으로 굽혔다. 그러고는 마침내 몸을 조용히 흔들었다.

"아가, 우리의 선실을 봐둬야겠다. 나한테서 떨어지지 말고 발이 미끄러지지 않도록 조심해라."

할머니는 부인용 모자의 리본을 만지며 말했다.

"네, 알았어요, 할머니!"

"우산이 계단 난간에 걸리지 않도록 조심해라. 여기 오는 도중에도 좋은 우산이 반토막으로 부러진 것을 보았단다."

"알았어요, 할머니."

남자들의 어두운 형체가 난간에 기대고 있었다. 그들이 피우는 파이프가 발하는 불빛 속에서 그들의 코끝이나 모자의 정수리, 또는 겁을 먹은 것 같은 눈썹이 보였다. 페넬라는 눈을 위로 향했다. 훨씬 높은 곳에 작은 사람의 그림자가 있었는데, 짧은 재킷 주머니에 손을 넣은 채 서서 바다를 응시하고 있었다. 배는 약간 흔들렸다. 그래서 별들도 흔들린다고 그녀는 생각했다. 그러자 리넨 천 코트를 입고 손바닥에 접시를 높이 쳐든 창백한 사환이 밝은 출입구에서 나와 그들 곁을 지나갔다. 그들도 그 출입구로 들어갔다. 놋쇠가 박힌 높은 계단을 조심스럽게 밟고 고무 매트를 깐 부분을 지나 거기서 아찔할 정도로 급경사를 이룬 계단을 내려갔다. 그래서 할머니는 각 계단마다 두 발을 가지런히 놓아야 했고 페넬라는 매끄러운 놋쇠 난간을 잡고 백조의 머리가 달린 우산 따위는 까맣게 잊어야 했다.

바닥에 이르자 할머니는 발을 멈췄다. 할머니가 다시 기도하지나 않을까 해서 페넬라는 겁이 났다. 그러나 그렇지는 않았다. 다만 선실 예약표를 꺼내기 위해서였다. 그들은 사교실에 와 있었다. 실내는 눈이 부시도록 밝았고 질식할 것 같았다. 공기 속에는 페인트라든가 태운 갈비 요리라든가 인도산 고무 냄새가 진동했다. 페넬라는 할머니가 멈추지 말고 가기를 바랐지만 노파는 서둘지 않았다. 햄 샌드위치가 담긴 큰 바구니가 그녀의 시선을 끌었던 것이다. 할머니는 그곳으로 다가가 맨 위에 있는 것을 손가락으로 가만히 건드렸다.

"샌드위치 얼마죠?"

할머니가 물었다.

"2펜스!"

나이프와 포크를 쾅 하고 내려놓으면서 거친 사환이 소리쳤다.

할머니는 그것을 도저히 믿을 수 없었다.

"하나에 2펜스?"

그녀가 물었다.

"그렇습니다."

사환은 그렇게 말하고 그의 동료를 향해 눈을 질끈 감아 윙크했다.

할머니는 약간 놀란 표정을 지었다. 그러고는 페넬라에게 꽁한 어조로 속삭였다.

"나쁜 놈들이야!"

그래서 그들은 반대편 문으로 그곳을 빠져 나와 양쪽에 선실이 있는 통로로 나왔다. 아주 친절한 여승무원이 그들을 마중했다. 그 여승무원은 온통 하늘색 의상을 입었고 칼라와 소매는 큼직한 놋쇠 단추로 채워두었다. 그녀는 할머니를 잘 아는 것 같았다.

"크레인 부인, 자, 이리 오세요."

여승무원은 방의 세면대를 열면서 말했다.

"다시 이 배로 돌아가시게 되었군요. 선실을 자주 사용하시진 않겠죠?"

"네. 그런데 이번에는 내 사랑하는 아들의 배려로……"

할머니가 말했다.

"아, 저 ―."

여승무원이 말하기 시작했다. 그러다가 말을 중지하고 그녀는 돌아서서 할머니의 검은 의상, 페넬라의 검은 저고리와 스커트, 검은 블라우스, 검은 상장이 달린 모자를 숙연하게 쳐다보았다.

할머니는 고개를 끄덕였다.

"모두 하느님의 뜻이었어요."

할머니가 말했다.

여승무원은 입을 다물고 깊게 숨을 들이마셨다. 그때 그녀는 팽창하는 것 같았다.

"제가 늘 말하는 것은."

여승무원은 마치 자신이 발견한 진리인 양 말을 이었다.

"우리는 누구나 조만간 가야 할 몸이지요. 그것은 확실해요."

그녀는 잠시 말을 끊었다가 물었다.

"크레인 부인, 뭐 좀 가져올까요? 차 한 잔 하시겠어요? 아무것도 추위를 가시게 할 수는 없겠지만."

할머니는 고개를 저었다.

"괜찮아요. 우리한테 포도 비스킷이 몇 개 있어요. 그리고 페넬라에게 아주 좋은 바나나가 있으니까요."

"그럼 나중에 다시 와보겠어요."

여승무원은 그렇게 말하고 문을 닫고 나갔다.

정말 작은 선실이었다. 할머니와 상자 속에 갇힌 기분이었다. 세면대 위에 있는 어둡고 둥근 창이 멍청하게 그들 쪽으로 빛을 던졌다. 페넬라는 수줍었다. 그녀는 짐과 우산을 쥔 채 문에 기대섰다. 여기서 옷을 벗어야 하나? 벌써 할머니는 보닛을 벗어서 걸기에 앞서 두 개의 끈을 말아 핀으로 너풀거리지 않도록 고정시켰다. 그녀의 백발은 명주처럼 빛났다. 뒤에 틀어서 모은 머리다발은 검은 망사로 덮였다. 페넬라는 모자를 벗은 할머니를 거의 본 적이 없었다. 할머니는 이상하게 보였다.

"난 너의 어머니가 떠준 털 스카프를 두르겠다."

할머니가 말했다. 그러고는 소시지 모양의 짐을 풀더니 스카프를 꺼내어 머리에 둘렀다. 할머니가 부드럽고 측은하게 페넬라를 바라보며 웃음지을 때, 가장자리에 달린 회색 술 장식이 그녀의 눈썹 근처에서 흔들렸다. 다음으로 웃옷을 벗고 그 밑에 입은 것과 다시 그 밑에 입은 것을 벗었다. 그러고는 잠시 힘든 노력을 하는가 했더니 할머니의 얼굴에 희미한 홍조가 번졌다. 탁! 탁! 할머니가 코르셋을 푸는 소리였다. 할머니는 안도의 한숨을 내쉬고 텐트 천으로 된 의자에 앉아 주의 깊게 그리고 서서히 고무창을 댄 구두를 벗어 가지런히 놓았다.

페넬라가 코트와 스커트를 벗고 플란넬 천 실내복을 입었을 무렵에는 할머니는 모든 준비가 다 되었다.

"할머니, 구두를 벗어야 하나요? 제 구두는 편상화니까……."

할머니는 잠시 깊이 생각했다.

"구두를 벗으면 훨씬 편하지."

할머니는 그러면서 페넬라에게 키스했다.

"기도를 잊지 마라. 우리가 마른 땅 위에 있을 때보다 바다에 있을 때 우리의 주님은 더욱 우리와 함께 하신단다."

그러고는 명랑하게 말했다.

"내가 위쪽 침대에서 자마. 나는 여행 경험이 많으니까."

"하지만 할머니가 어떻게 저기까지 올라가시죠?"

페넬라에게는 세 개의 작은 삼각대같이 생긴 사다리밖에 보이지 않았다. 노파는 말없이 짧은 웃음을 지어 보이더니 그 사다리를 가벼운 동작으로 올라갔다. 그리고 나서 높은 침대 너머로 고개를 내

밀며 놀란 페넬라를 내려다보았다.

"할머니가 이렇게 할 수 있을 줄은 생각도 못 했지?"

할머니가 말했다. 할머니가 다시 뒤로 몸을 눕힐 때 가벼운 웃음 소리가 페넬라의 귀에 들렸다.

네모지고 딱딱한 갈색 비누는 거품이 일 것 같지 않았고 병에 담긴 물은 파란 젤리 같았다. 빳빳한 이불은 들추기조차 힘들었다. 그냥 억지로 몸을 밀어 넣어야 했다. 상황이 전혀 달랐다면 그녀는 키득키득 웃음을 터뜨렸을 것이다……. 마침내 그녀는 이불 속에 들어갔다. 아직도 숨을 헐떡이는데 위에서 길고 부드러운 속삭임이 들려왔다. 누군가 무엇을 찾기 위해 화장지 사이를 버석버석 뒤지는 소리 같았다. 그것은 할머니가 기도하는 소리였다…….

오랜 시간이 지났다. 그러자 여승무원이 들어왔다. 그녀는 가만가만 바닥을 디디며 손을 할머니의 침대 위에 올려놓았다.

"우리는 지금 해협으로 접어들었습니다."

그녀가 말했다.

"오! 그래?"

"날씨가 순조로운 밤이에요. 하지만 배에 화물이 적어서 선체가 좀 흔들릴 겁니다."

사실이었다. 그 순간 픽턴 행 기선은 높이 올라가고 또 올라가 허공에 잠시 걸린 것 같았는데, 다시 낙하하기에 앞서 소름이 끼치기에 충분한 간격이 있었다. 또한 배 옆구리를 때리는 무거운 파도 소리가 들렸다. 페넬라는 백조 머리가 달린 우산을 작은 의자에 놓아둔 것이 생각났다. 그것이 밑으로 떨어지면 부서질까? 그러나 할머니도 거의 동시에 그것을 상기했다.

"이봐요. 내 우산을 가로로 눕혀주셨으면 좋겠어요."

할머니가 소곤거렸다.

"크레인 부인, 그렇게 해드리지요."

여승무원은 다시 할머니 쪽으로 돌아와서 할머니에게 속삭였다.

"손녀는 아주 예쁘게 잠을 자요."

"정말 다행한 일이군!"

할머니가 말했다.

"가엾은 아가씨, 어머니가 없다니!"

여승무원이 말했다. 그리하여 할머니는 페넬라가 잠든 사이 이번에 일어난 불행에 대해 모든 것을 여승무원에게 이야기해주었다.

그러나 페넬라는 꿈을 꿀 수 있을 정도로 깊이 잠이 들기도 전에 다시 눈을 떴다. 그녀의 머리 위 허공에서 무엇이 움직이는 것이 보였다. 그게 뭘까? 도대체 무엇일까? 그것은 작은 회색 발이었다. 이제 또 한쪽 발이 합세했다. 그 발들은 무엇인가를 더듬어 찾는 것 같았다. 한숨 소리가 들렸다.

"할머니. 저는 깨어 있어요."

페넬라가 말했다.

"어머! 깜짝이야. 사다리가 여기 아니냐? 이쪽 끝인 줄 알았는데……."

할머니가 말했다.

"아니에요. 다른 곳에 있어요. 제가 발을 놓아드릴게요. 이제 도착했나요?"

페넬라가 물었다.

"항구에는 도착했지."

할머니가 말했다.

"얘야, 일어나야겠다. 움직이기 전에 기운을 차려야 하니까 비스킷을 먹는 게 좋을 거야."

페넬라는 침대에서 튀어나왔다. 램프는 아직도 타고 있었다. 그러나 밤은 지나가고 날씨는 추웠다. 둥근 창을 통해 내다보자 멀리에 암초가 보였다. 지금 암초 위에는 물보라가 흩어졌다. 갈매기 한 마리가 곁을 날아 지나갔다. 이제 긴 육지가 나타났다.

"할머니, 육지예요."

페넬라는 마치 몇 주일을 바다에 있기나 한 것처럼 놀라서 말했다. 그녀는 자신의 몸을 감아 안았다. 그녀는 한 다리로 서서 다른 쪽 발가락으로 다리를 비볐다. 그녀는 떨었다. 아, 최근엔 모든 것이 슬펐다. 이제 모든 것이 바뀌려나? 그러나 할머니는 "얘야, 서둘러라. 네가 먹지 않은 맛있는 바나나는 여승무원에게 주겠다" 하고 말할 뿐이었다. 그래서 페넬라는 다시 검은 옷을 걸쳤다. 그런데 장갑 한 짝에서 단추가 떨어져서 도저히 찾을 수 없는 곳으로 굴러갔다. 그들은 갑판 위로 나갔다.

그러나 선실이 추웠다고 한다면 갑판 위는 얼음 같았다. 해는 아직 떠오르지 않았고 별빛이 아직 희미했다. 차갑고 창백한 하늘은 차고 창백한 바다와 같은 색깔이었다. 육지에서는 하얀 안개가 올라갔다 내려왔다. 이제 어두운 숲의 모습을 명확히 볼 수 있었다. 우산 모양 양치류의 모습까지 드러나 보였고 야릇한 은색의 시든 나무들은 해골처럼 보였다……. 이제 건너다리가 보였고 함께 옹기종기 모인 작은 집들도 창백하게 보였는데, 상자 뚜껑에 박은 조개껍질 같았다. 승객들은 이리저리 움직였지만 전날 밤보다는 느린 동작이었고 모두 우울한 표정이었다.

이제 건너다리가 그들을 마중하러 나왔다. 그것은 서서히 픽턴 행 기선을 향해 수영해 왔다. 밧줄을 한 뭉치 가진 사람과 고개를 숙인 조랑말이 끄는 마차와 그 계단에 앉은 또 한 남자가 기선으로 다가왔다.

"페넬라, 우리를 마중 나온 펜레디 씨다."

할머니가 말했다. 할머니의 음성에는 기쁨이 담겨 있었다. 백랍 같은 할머니의 볼은 추위로 새파랬고 턱은 떨렸다. 또한 할머니는 눈과 분홍빛 작은 코를 계속 닦아야 했다.

"저, 가지고 왔니? 네 —."

"네, 할머니."

페넬라는 할머니에게 그것을 보였다.

밧줄이 허공에서 날아왔다. 그것은 "딱" 하는 소리를 내며 갑판 위에 떨어졌다. 건너다리가 내려졌다. 다시금 페넬라는 할머니를 따라 부두로 내려와 작은 마차에 탔다. 조랑말의 발굽은 나무판자 가 깔린 곳에서는 북처럼 요란한 소리를 내다가 모랫길에 당도하 자 부드러운 소리로 움츠렸다. 사람의 그림자는 찾아볼 수 없었다. 한 가닥 연기조차 없었다. 안개의 위아래로 이동했다. 서서히 바닷 가로 밀려오는 바다는 아직 잠자는 것 같은 소리를 냈다.

"크레인 씨를 본 것은 어제였습니다."

펜레디 씨가 말했다.

"그때는 원기가 좋으셨습니다. 지난주에는 우리 안사람이 빵 과 자를 한 접시 구워 올렸습죠."

이제 작은 말은 조개같이 생긴 어떤 집 앞에서 멈췄다. 두 사람은 마차에서 내렸다. 페넬라가 문에 손을 대는 순간 크고 떨리는 이슬방울들이 그녀의 장갑 끝을 적시며 스며들었다. 둥근 밤자갈이 깔린 좁은 길을 올라갔다. 양편에는 이슬에 흠뻑 젖은 꽃들이 잠자고 있었다. 할머니가 심은 섬세한 흰 석죽은 이슬을 어찌나 많이 머금었던지 쓰러졌다. 그러나 그들이 풍기는 향긋한 냄새는 추운 아침의 일부였다. 작은 집 안의 덧창은 닫혀 있었다. 그들은 계단을 올라가 테라스에 이르렀다. 낡은 반장화 한 켤레가 문가에 있었고 다른 편에는 크고 빨간 물통이 있었다.

"쯧쯧! 너의 할아버지는 할 수 없다니까."

할머니가 말했다. 할머니가 문 손잡이를 돌렸다. 아무 기척도 없었다.

"월터!"

할머니가 불렀다. 그러자 바로 반쯤 질식한 것 같은 무거운 음성이 "당신이야, 메리?" 하는 응답을 보냈다.

"잠깐. 넌 저기 들어가 있거라."

할머니는 페넬라를 작고 어두컴컴한 응접실로 살며시 밀었다.

테이블 위에는 하얀 고양이가 있었다. 그것은 낙타처럼 등을 동그랗게 만들고 있다가 일어나서 기지개를 켜더니 하품을 늘어지게 하고 나서 발끝으로 뛰어올랐다. 페넬라는 그 희고 따뜻한 털 속에다 차가운 자신의 한쪽 손을 집어넣었다. 그러고는 그것을 쓰다듬으며 할머니의 부드러운 목소리와 할아버지의 우렁우렁한 목소리에 귀를 기울이면서 수줍은 웃음을 지었다.

문이 삐걱 하는 소리와 더불어 열렸다.

"아가, 들어오너라."

노파가 불렀다. 페넬라는 그 말에 따랐다. 그곳 거대한 침대 한쪽에 할아버지가 누워 있었다. 흰 머리가 한줌 있는 머리, 그의 장밋빛 얼굴과 긴 은색 수염만이 이불 밖으로 보였다. 할아버지는 아주 늙은 새가 눈을 크게 뜬 형상 같았다.

"너냐! 와서 키스해야지!"

할아버지가 말했다. 페넬라가 키스했다.

"아이쿠! 애 코는 단추처럼 차갑구나. 얘가 가진 게 뭐지? 할머니의 우산이냐?"

할아버지가 말했다.

페넬라는 다시 웃음지었다. 그러고는 백조의 머리 부분을 침대 난간에 걸었다. 침대 위쪽에는 칠흑처럼 검은 액자 속에 큼직하게 쓴 격언이 있었다.

잃었도다! 60개의 다이아몬드 분(分)이
총총히 박힌 황금의 한 시간
아무 보상도 없도다.
그것은 영원히 사라졌으니!

"네 할머니가 쓴 것이란다."

할아버지가 말했다. 그러고는 백발을 쓰다듬으며 어찌나 밝은 얼굴로 페넬라를 쳐다보는지 페넬라는 할아버지가 그녀에게 윙크한 게 아닌가 하는 생각마저 들었다.

이상적인 가정

그날 저녁, 늙은 니브 씨는 회전문을 밀고 넓은 계단 세 개를 내려가 포장도로에 나왔을 때, 생전 처음으로 자기가 봄을 마중하기에 너무 늙었다는 것을 느꼈다. 봄 — 따뜻하고 열의에 차고 초조한 봄이 황금빛 속에서 그를 기다렸다. 누구 앞에서도 뛰어오르고 또한 그의 흰 수염 속에 바람을 불어넣고 그의 팔을 다정하게 끌어줄 만반의 준비를 갖춘 봄이었지만 그는 그러한 봄을 맞을 수 없었다. 아니, 그는 다시 한 번 어깨를 펴고 젊은이처럼 경쾌하게 활보를 할 수 없었다.

그는 지쳤다. 그래서 오후의 늦은 태양이 아직 빛났지만 이상하게 춥고 전신이 노곤하고 무감각했다. 정말 갑자기 정력을 잃은 것이다. 이러한 명쾌함과 밝은 움직임을 더는 감당할 기력이 없었다. 이것이 그를 당황하게 했다. 그는 조용히 서서 지팡이를 휘두르며 "모두 꺼져!" 하고 말하고 싶었다. 갑자기, 옛날처럼 자신의 지팡이로 넓은 챙이 달린 중절모를 건드리며 자기가 아는 모든 인간, 친구들, 친지들, 점원들, 집배원들, 운전사들에게 인사하는 게 극히 힘든 일이라고 생각되었다. 그러나 저 거동에 곁들인 유쾌한 눈초리, "나는 당신들 누구에게도 지지 않아요. 아니 당신들을 능가합니다"

라고 말하는 것 같은 상냥한 눈빛 ― 그것은 늙은 니브 씨로서는 도저히 할 수 없는 일이었다.

그는 무릎을 높이 올리며 땅을 힘차게 구르며 걸었다. 마치 어찌된 일인지 무거워지고 물처럼 저항을 느끼게 하는 공기 속을 걸어가는 것 같았다. 귀가를 서두르는 군중이 옆을 지나치고 전차들은 요란한 소리를 냈고 가벼운 짐차는 딸그락거렸고, 거대하고 흔들리는 마차들은 우리가 꿈에서나 경험하는 난폭함과 방약무인한 무관심을 과시하며 질주했다…….

그날도 사무실은 여느 날과 다름없었다. 특별한 일은 일어나지 않았다. 해럴드는 점심을 먹으러 외출했다가 4시경까지 돌아오지 않았다. 그는 어디에 갔다 왔을까? 도대체 무엇을 했을까? 그는 그의 아버지에게 그것을 알리려 하지 않았다. 늙은 니브 씨가 막 입구에서 방문자에게 작별인사를 할 때였다. 거기에 해럴드가 어슬렁어슬렁 걸어 들어왔다. 항상 그렇듯 침착하고 상냥하고 여자들에게 지독히 매력적인, 그 특유한 반쯤 웃음에 가까운 표정을 지었다.

아, 해럴드는 너무나 잘생겼다. 지나치게 잘생긴 것이다. 그것이 항상 말썽이었다. 남자란 저런 눈, 저런 눈썹, 저런 입술을 가져서는 안 된다. 그것은 기분 나쁠 정도다. 그의 어머니나 누이들이나 하인들의 경우 그를 젊은 신으로 받들어 모셨다고 해도 지나친 말이 아니다. 그들은 그를 경배했고 그의 모든 것을 용서했다. 그는 13세 때 어머니의 지갑을 훔쳐내어 돈을 꺼내고 나서 그것을 요리사의 침대 밑에 숨겨놓았던 일이 있은 후 계속 어떤 용서를 필요로 했다. 늙은 니브 씨는 지팡이로 포장도로의 가장자리를 힘껏 때렸다. 그러나 해럴드를 버릇 없게 만든 것은 그의 가족뿐은 아니라고 니브 씨는 생각했다. 모든 인간들이 그렇게 한 것이다. 해럴드는 바라보며 웃음만 지으면 되는 것이다. 그러면 모든 인간들은 그 앞에 엎어졌다. 그렇기 때문에 해럴드가 그 전통을 사무실로 옮겨오기를 기대한다고 해서 놀랄 것은 못 된다. 흠, 흠! 하지만 그것은 용서할 수 없지……. 어떠한 사업도—성공하고 기초가 잡힌, 큰 이윤을 좌우하는 사업조차도 적당히 처리할 수는 없는 것이다. 거기에는 온 정신과 영혼을 투입해야 하는 법이다. 그렇지 않으면 눈앞에서 모든 것이 와르르 무너질 것이다…….

게다가 처 샬럿과 딸들은 항상 모든 사업을 해럴드에게 맡기고 은퇴하여 자신을 즐기며 여생을 보내라고 그를 볶아댔다. 자신을 즐긴다! 늙은 니브 씨는 관공서 밖에 있는 오래된 종려나무들 밑에서 우뚝 섰다. 자신을 즐긴다고! 황혼의 미풍이 버석버석 하는 가벼운 소리를 내며 검은 잎을 흔들었다. 집에 앉아서 엄지손가락이나 만지작거릴 뿐 아무 일도 안 하며, 자신이 평생 쌓아올린 사업이 해럴드가 웃음짓는 사이에 그의 예쁜 손가락 사이로 빠져나가 용해되며 사라져버리는 것을 내내 인식하다니…….

"아버지, 왜 그렇게 고집을 부리십니까? 아버지께서는 사무실에 나갈 필요가 전혀 없습니다. 아버지의 모습이 너무나 피곤해 보인다고 사람들이 이야기할 때 우리는 몹시 난처해집니다. 이처럼 큰 집과 정원이 있지 않습니까. 여기서 행복하실 수 있습니다. 기분 전환을 위해 이곳을 감상하시고—그렇지 않으면 어떤 취미 생활을 시작해보십시오."

그러자 어린 로라까지도 건방지게 읊어댔다.

"남자들은 모두 취미가 있어야 해요. 취미가 없으면 인생은 참을 수 없는 것이 될 거예요."

알았어! 알았어! 그는 하코트 가로 통하는 언덕을 헐떡이며 오르기 시작하면서 쓰디쓴 웃음을 짓지 않을 수 없었다. 그가 취미에 몰두한다면 로라와 그 여자 형제들과 샬럿은 어떻게 될까? 그는 그게 알고 싶었다. 취미 생활에 몰두해가지고는 도시에 있는 주택, 바닷가의 별장, 그들의 말들, 골프, 음악실의 댄스에 사용할 60기니가 드는 축음기 등에 사용할 비용이 나오지 않을 것이다. 이러한 것들을 그들에게 주기가 아까워서가 아니다. 사실 딸들은 말쑥하고 잘생긴 아가씨들이다. 또한 샬럿도 남달리 뛰어난 여성이다. 그네들의 인생이 순조롭게 진행되는 것도 당연하다. 사실 이 도시에서 그들의 집만큼 인기 있는 집은 없었다. 그렇게 많은 사람을 영접한 집도 없었다. 늙은 니브 씨는 흡연실 탁자 위의 담뱃갑을 손님에게 권하는 동안 자기 처와 딸들과 심지어 자신에게 던지는 찬사의 말을 얼마나 자주 들었는지 모른다.

"댁은 이상적인 가정이군요. 정말 이상적인 가정입니다. 어딘지 소설에서 읽거나 무대에서 보는 것 같습니다."

"그만, 그만큼 찬사의 말을 했으면 됐네."

늙은 니브 씨는 이렇게 대답하곤 했다.

"자, 이것 하나 피워보게. 아주 맛이 좋을 거야. 혹시 정원에서 피우고 싶다면 나가서 피우게. 아마 딸들이 잔디밭에 나가 있을 걸세."

딸들이 하나도 아직 결혼하지 않아서 그런다고 사람들은 말했다. 결혼하려 들었다면 그들은 누구와도 결혼할 수 있었을 것이다. 그러나 그들은 집에 있는 시간이 너무나 즐거웠다. 딸들과 샬럿이 함께 어울리면 이건 너무나 행복했던 것이다. 흠! 흠! 그렇지! 그렇지! 아마 그래서…….

그때 그는 하코트 가의 상류 주택지를 통과했다. 드디어 모퉁이에 자리한 그의 집에 도착했다. 마차가 드나드는 문이 뒤로 밀리며 열렸다. 차도에는 새로운 바퀴 자국이 있었다. 거기에서 흰 페인트를 칠한 거대한 집이 그의 앞에 나타났다. 창문들이 활짝 열렸고 얇은 명주 천으로 만든 커튼이 밖으로 흘러 나왔고 넓은 창턱 위에는 히아신스를 심은 파란 화분들이 있었다. 마차를 대는 현관 양쪽에는 그 도시에서 유명한 수국이 막 꽃망울을 터뜨린 참이었다. 연분홍에다 푸르스름한 꽃의 덩어리들이 우거진 잎 사이에서 광선처럼 보였다. 그러자 웬일인지 모르게 늙은 니브 씨에겐 이 집과 꽃, 그리고 차도에 난 새로운 바퀴 자국까지도 "여기에는 젊은 삶이 있습니다. 딸들이 있습니다 ―" 하고 말하는 것 같았다.

홀은 여느 때처럼 참나무 옷장 위에 쌓아올린 외투라든가 파라솔이라든가 장갑 때문에 어두컴컴했다. 음악실에서는 피아노 소리가 들려왔는데, 빠르고 크고 성급한 음이었다. 조금 열린 응접실 문에서 사람의 목소리가 들렸다.

"아이스크림이 나왔니?"

샬럿의 음성이었다. 그러고는 그녀가 앉은 흔들의자가 내는 삐걱삐걱 소리가 흘러 나왔다.

"아이스크림이라고요?"

에셀이 외쳤다.

"엄마, 그런 아이스크림은 본 적이 없으실 거예요. 겨우 두 가지밖에 없어요. 하나는 보통 상점에서 파는 작은 딸기 아이스크림이었어요. 가장자리를 싼 종이가 모두 젖어 있었어요."

"음식은 모두 너무 형편없었어요."

마리온이 말했다.

"하지만 아이스크림을 먹기엔 아직 철이 일러."

샬럿이 너그럽게 말했다.

"그렇지만 기왕 아이스크림을 내놓을 바에는……."

에셀이 말을 꺼냈다.

"하긴 그렇지. 이젠 그만 해둬라."

샬럿이 조용히 타일렀다.

갑자기 음악실 문이 열리고 로라가 뛰어나왔다. 늙은 아버지 니브 씨를 보자 그녀는 놀랐으며 거의 고함을 지를 정도였다.

"아빠! 놀랐어요. 지금 방금 돌아오시는 길이에요? 어째서 찰스는 나와서 아빠의 외투를 벗겨드리지 않았나요?"

그녀의 볼은 피아노를 치느라고 심홍색이 되었고 눈은 반짝이고 머리칼이 이마 위로 내려왔다. 그녀는 마치 어둠 속을 달려온 사람처럼 가쁜 호흡을 내뱉었으며 놀란 표정이었다. 늙은 니브 씨는 그의 막내딸을 응시했다. 전에 전혀 본 적이 없는 딸 같았다. 저게 로라였나? 그러나 그녀도 아버지를 망각한 것 같았다. 그녀가 기다리는 사람은 아버지가 아니었다. 이제 그녀는 구겨진 손수건의 한 끝을 이빨 사이에 넣고 성난 사람처럼 물어뜯었다. 전화벨이 울렸다. 아! 로라는 흐느낌과 같은 소리를 내더니 아버지 곁을 쏜살같이 빠져나갔다. 전화가 있는 방 문이 쾅 하고 닫혔다. 바로 그것과 때를 같이하여 샬럿이 "당신이에요?" 하고 소리쳤다.

"또 피곤하신 모양이군요."

샬럿이 힐책하듯 말했다. 그러고는 흔들의자를 멈추고 따뜻하고 깃털 같은 볼을 니브 씨에게 내밀었다. 밝은 머리칼의 에셀이 그의 턱수염에 살짝 키스하고 마리온의 입술이 그의 귀를 스쳤다.

"걸어서 돌아오셨어요?"

샬럿이 물었다.

"응, 걸어왔어."

늙은 니브 씨는 그렇게 응답하고 거대한 응접실 안락의자에 철퍼덕 앉았다.

"왜 마차를 잡지 않으셨나요? 지금쯤은 마차가 얼마든지 나와 있을 텐데."

에셀이 말했다.

"저, 에셀. 아버지가 피곤해지고 싶으실 때는 누가 간섭해도 소용이 없어."

"얘들아, 얘들아, 그만 하거라."

샬럿이 타일렀다.

그러나 마리온은 그치려 하지 않았다.

"아녜요, 어머니. 어머니는 아빠의 버릇을 망치고 계신 거예요. 그게 옳지 못해요. 아빠에게 좀 더 엄격하셔야 돼요. 아빠는 매우 짓궂어요."

그녀는 여기서 밝은 웃음을 터뜨리고 거울 속을 바라보며 자신의 머리를 톡톡 두드렸다. 이상도 하지! 그녀가 어렸을 적에는 목소리도 부드럽고 수줍었지……. 더듬기까지 했는데……. 그러던 게 이제 무슨 말을 하든 ― 단지 "아빠, 잼 좀 이리 주세요"라는 말을 할 때도 ― 마치 무대 위에 선 것처럼 그녀의 목소리가 울려 퍼지고 있으니, 원!

"해럴드는 당신보다 먼저 퇴근했나요?"

샬럿은 다시 흔들기 시작하면서 물었다.

"잘 모르겠는걸."

늙은 니브 씨가 말했다.

"잘 모르겠어. 4시 후로는 그애를 보지 못했으니까."

"그애는 그러는데 — ."

샬럿이 말하기 시작했다.

그러나 그 순간 어떤 신문의 페이지를 넘기던 에셸이 어머니에게로 와서 그 흔들의자 곁에 앉았다.

"여기 보세요. 제가 말하는 게 이거예요. 은색이 가미된 노랑 말예요. 안 그래요?"

그녀가 외쳤다.

"이리 줘봐."

샬럿이 말했다. 그녀는 테에 거북무늬가 든 안경을 주섬주섬 찾아 쓰고 나서 그녀의 포동포동한 작은 손가락으로 페이지를 가볍게 치면서 입술을 뾰족하게 내밀었다.

"아주 예쁘구나!"

그녀는 막연히 속삭였다. 그녀는 안경 너머로 에셸을 바라보더니 말했다.

"하지만 난 옷자락은 없는 쪽이 좋겠다."

"그게 없으면 어떻게 되지요? 사실 그 긴 자락이 제일 중요한 포인트예요."

에셸이 비극적으로 말했다.

"제가 결정해드릴게요."

마리온이 샬럿에게서 신문을 장난스럽게 채갔다.

"엄마 말씀이 맞아. 난 엄마 의견에 찬성이야. 긴 자락이 거추장스러우니까."

그녀는 의기양양하게 말했다.

잊혀진 늙은 니브 씨는 의자에 몸을 묻고 깊이 침몰해갔다. 그러고는 졸린 가운데 마치 꿈을 꾸듯 그들의 대화를 들었다. 그가 지쳤다는 것은 의심할 여지가 없었다. 그는 이제 생의 근거를 잃은 것이다. 샬럿과 딸들조차 오늘 밤은 참을 수 없었다. 그들은 너무……너무…… 졸고 있는 그의 두뇌가 생각할 수 있는 유일한 개념은…… 그에게는 너무 사치스럽다는 것이었다. 그런데 어디엔가, 모든 것의 이면 어디엔가, 작고 시들어빠진 늙은이가 끝없는 계단을 올라가는 것이 그의 눈에 보였다. 그가 누구일까?

"나 오늘 정장을 하지 않겠어."

그는 중얼거렸다.

"아빠, 그게 무슨 말씀이세요?"

"응, 뭐라고? 뭐라고 했는데?"

늙은 니브 씨는 놀라서 눈을 뜨고 그네들을 건너다보았다.

"나 오늘은 정장을 하지 않겠다."

그는 반복했다.

"하지만 아빠, 루실이 오기로 되어 있어요. 헨리 대븐포트와 테디 워커 씨도 오세요."

"그러면 너무 어울리지 않을 거예요."

"몸이 좋지 않으세요?"

"아빠는 아무 일도 하지 않으셔도 돼요. 찰스가 있잖아요?"

"그토록 마음이 내키지 않으시면 —."

샬럿이 우물쭈물했다.

"알았어! 알았어!"

늙은 니브 씨는 일어나서 계단을 오르는 작은 영감과 합세하여 걸었다. 그리하여 옷을 갈아입는 방까지 갔다…….

젊은 찰스가 그곳에서 기다렸다. 모든 것이 그것에 달리기라도 한 듯 조심스럽게 그는 뜨거운 물을 담은 통을 타월로 감고 있었다. 찰스 청년은 홍안 소년일 때 난방용 불을 관리하는 임무를 띠고 이 집에 온 이래 주인의 마음에 들었던 것이다. 늙은 니브 씨는 창가의 긴 등의자에 몸을 눕히고 양다리를 뻗고 나서 "어디, 성장을 시켜봐!" 하고 약간의 저녁 농담을 던졌다. 그러자 찰스는 거친 숨을 쉬며 얼굴을 찌푸리면서 앞으로 몸을 굽혀 그의 넥타이에서 핀을 뺐다.

흠! 흠! 됐어! 됐어! 열린 창가는 매우 기분이 좋았다. 여간 기분 좋은 게 아니었다 — 아름답고 온화한 저녁이었다. 일꾼들이 밑에 펼쳐진 테니스 코트의 풀을 벴다. 풀 깎는 가위 소리가 은은히 서걱였다. 얼마 안 있어 딸년들이 다시 테니스 파티를 시작할 것이다. 그 생각을 하는 순간 "잘했어요……. 오, 여기 공이 와요! 정말 잘 쳤어요" 하고 말하는 마리온의 목소리가 울려오는 것 같았다. 그러자 "해럴드는 어디 있지?" 하고 테라스에서 외치는 샬럿의 음성이 들려오는 것 같았고 "엄마, 해럴드는 분명 여기에 나타나지 않을 거예요" 하는 에셀의 소리. 그러자 "해럴드가 그러는데 —" 하는 샬럿의 막연한 목소리.

늙은 니브 씨는 한숨을 쉬고 일어났다. 그는 한 손을 턱수염에 대고 찰스 청년에게서 빗을 받아 들더니 하얀 수염을 조심스럽게 빗어 내렸다. 찰스는 그에게 접은 손수건과 시계 상자에 든 시계와 안경집을 주었다.

"이제 됐어."

문이 닫히고 그는 다시 앉았다. 그는 혼자였다…….

그리하여 이제 그 작고 늙은 영감은 번쩍이고 명랑한 식당으로 통하는 끝없는 계단을 내려왔다. 이 얼마나 빈약한 다리인가! 그것은 거미의 다리 같았다 — 가늘고 시들어빠진 다리였다.

"댁은 이상적인 가정입니다. 정말 이상적인 가정입니다."

그러나 그게 사실이라면 왜 샬럿과 딸들은 아까 그를 제지하지 않았을까? 왜 그는 이제껏 내내 혼자서 오르내렸단 말인가? 해럴드는 어디에 있는가? 해럴드에게서 무엇을 기대해봤자 소용없는 일이다. 늙은 거미는 아래로 아래로 내려갔다. 그런데 다음 순간 놀랍게도 그 작은 영감이 식당 옆을 지나쳐서 현관을 향하더니 어두운 통로와 바깥문을 나가 사무실로 가는 것이 늙은 니브 씨의 시야에 비쳤다. 그를 세워라! 그를 세워! 누구 없느냐!

늙은 니브 씨는 소스라쳐 뛰어 일어났다. 그의 의상실 안은 어두웠다. 창은 창백하게 빛났다. 얼마 동안 잔 것일까? 그는 귀를 기울였다. 그러자 크고 통풍이 잘 되는 어두운 집을 통해 멀리서 사람의 음성이 표류했고 멀리서 내는 무슨 소리가 들렸다. 정말 오랫동안 잤구나 하고 그는 막연히 생각했다. 그는 잊혀진 것이었다. 이 모든 것이 그와 무슨 관계가 있는가? 이 집, 샬럿, 딸들, 그리고 해럴드 — 그네들에 대해 그가 도대체 무엇을 아는가? 그들은 모두 그에게 낯선 존재였다. 인생은 그를 지나쳐 가버린 것이다. 샬럿은 그의 아내가 아니다. 그의 아내는!

 ……시계초 덩굴이 어두운 현관을 반쯤 가리며 마치 모든 것을 안다는 듯이 슬프고 시무룩하게 아래로 늘어져 있었다. 작고 따뜻한 덩굴손이 그의 목을 감았다. 작고 창백한 얼굴이 그의 얼굴을 올려다보았다. 그러자 어떤 목소리가 "잘 가요, 나의 귀한 이여!" 하고 속삭였다.

 나의 귀한 이! "잘 가요, 나의 귀한 이여!"라고? 누가 말한 것일까? 왜 그네들은 작별인사를 했을까? 무슨 큰 착오가 있었음에 틀림없다. 그것은 그의 아내였다. 그 작고 창백한 소녀가! 따라서 그의 인생의 나머지 모든 것은 꿈이었다.

 그때 문이 열렸다. 찰스 청년이 불빛 속에 서서 양손을 차려 자세로 옆에 붙이고 젊은 군인처럼 외쳤다.

 "저녁식사가 준비되었습니다!"

 "갈게. 지금 갈게."

 늙은 니브 씨가 말했다.

음악 수업

　절망―차고 예리한 절망―을 잔혹한 비수처럼 가슴 깊이 간직하고 메도즈 양은 모자와 가운을 걸치고 작은 지휘봉을 든 채 음악실로 이르는 추운 복도를 밟았다. 여러 연령층의 소녀들이 찬바람으로 장미꽃이 되고, 맑은 가을 아침에 학교로 달려온다는 짜릿한 흥분으로 인해 종알거리며 서두르기도 하고 뛰어오르기도 하면서 옆을 스쳐갔다. 텅 빈 교실에서 재빠른 목소리가 북처럼 울려왔다. 종이 울렸다. 새와 같은 목소리가 "뮤리엘" 하고 외쳤다. 그러자 계단 쪽에서 쿵쿵 쾅쾅 하는 요란한 소리가 들렸다. 누군가가 아령을 떨어뜨린 것이었다.

　이과를 담당한 교사가 메도즈 양을 불러세웠다.

　"안녕하세요."

　그녀는 달콤하고 인위적으로 말 사이를 늦추면서 말했다.

　"춥지 않아요? 겨울 날씨 같지요?"

　메도즈 양은 그 절망적인 비수를 가슴에 다시금 챙기며 그 과학 교사를 증오의 눈으로 응시했다. 그녀가 지닌 모든 것은 감미롭고 창백하며 벌꿀과 같았다. 저 노란 머리다발 속에 벌이 날아들어 엉키는 것을 본다 해도 놀랄 것은 없었을 것이다.

"좀 쌀쌀하군요."

메도즈 양은 딱딱하게 말했다.

상대방은 달콤한 웃음을 지어 보였다.

"몸이 꽁꽁 언 것처럼 보이는군요."

그녀가 말했다. 그녀의 파란 눈은 휘둥그레졌다. 그 눈 속에 조롱의 빛이 나타났다.(그녀가 무엇을 눈치챘을까?)

"아닙니다. 그런 정도는 아닙니다."

메도즈 양이 말했다. 그러고는 상대방의 웃음의 대가로 힐끗 상을 찌푸리고 그곳을 벗어났다.

4학년, 5학년, 6학년 학생들이 음악실에 모여 있었다. 시끄럽기가 말이 아니었다. 교단 위 피아노 곁에는 메리 비즈레이가 서 있었다. 그녀는 메도즈 양이 총애하는 학생이었으며 반주를 해주는 아이였다. 그녀는 피아노 의자를 돌렸다. 메도즈 양을 보자 그녀는 "쉬! 조용히!" 하고 크게 경고했다. 메도즈 선생은 양손을 소매 속에 넣고 지휘봉을 겨드랑이 밑에 고정시킨 채 중간 통로를 성큼성큼 걸어가서 계단을 올라, 재빠른 동작으로 돌아서서 놋쇠로 된 악보대를 잡고 다시 그것을 자기 정면에 고정시켜 세우고 나서 지휘봉으로 날카롭게 두드려서 조용히 하라고 명령했다.

"모두 조용히 하세요! 당장!"

누구를 지정해서 보지 않고 그녀의 시선은 여러 가지 색깔의 플란넬 블라우스와 움직이는 분홍색 얼굴들과 손, 진동하는 나비 모양의 머리 리본, 펼쳐놓은 악보들로 구성된 바다 위를 훑어보았다. 학생들이 무슨 생각을 할까? 그녀는 익히 알았다. "메도즈 양, 오늘 저기압이다"라는 생각을 할 것이다. 까짓 그렇게 생각하라지! 그녀의 눈꺼풀이 떨렸다. 그녀는 그들을 무시하듯 고개를 치켜들었다. 이 학생들이 어떻게 생각하든 그것이 무슨 의미가 있는가, 그런 편지 때문에 치명적인 상처를 심장까지, 심장까지 찔려 유혈이 낭자한 채 서 있는 인간에게 무슨……

……"우리의 결혼은 실패작이 되리라는 확신이 점점 확고해집니다. 당신을 사랑하지 않는다는 뜻이 아닙니다. 나는 한 남자가 여자를 사랑할 수 있는 최대한까지 당신을 사랑합니다. 그러나 사실을 말하자면 나는 결혼하여 가정을 가질 수 있는 남자가 아니라는 결론을 내렸습니다. 그런 식으로 안주한다는 생각을 하니 가슴이 —."

거기에는 "혐오"라는 단어가 가볍게 지워지고 그 지운 자리에 "후회"라는 단어가 씌어 있었다.

바실[남자 이름]! 메도즈 선생은 피아노가 있는 곳으로 걸어갔다. 그러자 이 순간을 기다리던 메리 비즈레이가 몸을 앞으로 굽혔다.

"선생님, 안녕하세요."

그녀가 속삭일 때 그녀의 고수머리가 양볼 위로 늘어졌다. 그러고는 자기 선생님에게 아름다운 노란 국화꽃을 직접 주기보다는 오히려 가지라고 눈짓했다. 이렇게 꽃을 주는 작은 의식은 꽤 오랜 기간, 그러니까 한 학기 반 동안이나 지속되어 온 것이었다. 이것은 피아노 뚜껑을 여는 것만큼이나 음악 수업에서 빠져서는 안 되는 요소가 되어 있었다. 그러나 오늘 아침에는 메리에게 몸을 기울이며 "메리, 고맙구나. 참 예쁜 꽃이구나. 32페이지를 펴라" 하고 말하며 그 꽃을 들어 올리거나 자신의 벨트에 꽂는 대신, 메리가 깜짝 놀란 것은 메도즈 선생이 그 국화꽃을 전적으로 무시해버리는 처사였다. 또한 인사에 대한 응답도 없이 다만 쌀쌀한 어조로 "14 페이지. 강조부를 조심할 것!" 하고 말할 뿐이었다.

아찔한 순간이었다. 메리는 얼굴을 붉혔고 눈에는 눈물이 고였다. 그러나 메도즈 선생은 악보대 앞으로 돌아간 후였다. 선생의 목소리가 음악실에 가득 울렸다.

"14페이지 펴세요. 오늘은 14페이지부터 시작하겠어요. 〈비가〉를 펴는 거예요. 이것은 지금쯤은 여러분이 알아야 할 노래예요. 처음부터 끝까지 노래하겠어요. 부분만 하는 게 아니라 전부를 배우는 거예요. 감정은 넣지 말고, 왼손으로 박자를 맞추면서 노래하세요."

그녀는 지휘봉을 들었다. 그러고는 악보대를 두 번 두드렸다. 메리가 피아노로 전주를 치기 시작했다. 그러자 모든 왼손이 일제히 허공에다 박자를 치며 젊고 구슬픈 목소리가 울려 퍼졌다.

빠르게도, 아아, 너무나 빠르게도 쾌락의 장미는 시들어버리고
곧 가을은 무서운 겨울이 되고
아, 빠르게도, 빠르게도 음악의 유쾌한 가락이
사라져 가는구나, 귀 기울여 듣는 귀에서.

아이쿠! 이 비가보다 비극적인 것이 어디 있을까! 모든 곡조는 신음이며 흐느낌이며 무서운 비탄의 탄식이었다. 메도즈 선생은 헐렁한 가운 속에서 팔을 들어 양손으로 지휘하기 시작했다.

"우리의 결혼이 실패작이 될 것을 더욱더 확신합니다……."

그녀는 박자를 맞췄다. 그러나 목소리들은 "빠르게도, 아아, 너무나 빠르게도" 하고 외쳤다. 무슨 생각에 사로잡혔기에 그러한 편

지를 썼을까! 무엇 때문에 그런 지경에 이르렀을까? 원인은 아무것도 없었다. 그 이전의 편지는 우리 둘의 책을 넣어두기 위해 그가 산 떡갈나무 책꽂이에 관한 것이었고, 그가 본 "산뜻하고 작은 현관용 스탠드"에 관한 이야기뿐이어서 "선반 위에는 부엉이의 조각이 새겨지고 그 바닥 끼우개 속에는 모자 솔이 3개 걸려 있었소" 하는 내용의 글이었다. 그것을 읽는 순간 그녀는 웃음을 짓지 않을 수 없었다. 모자 솔이 셋이나 필요하다고 생각하다니 정말 남자의 생각이란! "귀 기울여 듣는 귀에서" — 학생들의 음성이 노래했다.

"다시 한 번! 이번에는 고음과 저음으로 나누어서 불러요. 아직 감정은 넣지 말고."

메도즈 선생은 말했다. "빠르게도, 아아, 너무나 빠르게도" — 최저음의 암울함이 가해지자 무언가 소름이 끼쳐오는 것을 느끼지 않을 수 없었다. "쾌락의 장미는 시들어버리고" — 그녀를 마지막으로 만나러 왔을 때 바실은 단춧구멍에 장미꽃을 달고 왔다. 그 밝은 감색 양복에 어두운 장미꽃을 달고 온 품이 얼마나 멋있었는지 모른다. 또한 그 자신도 그것을 알았다. 알지 않을 수 없었을 것이다. 그는 처음에 머리를 쓰다듬고 다음에 콧수염을 쓰다듬었다. 웃음을 지을 때 그의 이는 빛이 났지……

"교장 부인께서는 늘 저녁식사를 하러 오라고 해서 귀찮아 죽겠어요. 그곳에서는 하루 저녁도 자유로운 내 시간을 가질 수 없습니다."

"음악의 유쾌한 가락이" — 학생들의 목소리가 통곡했다. 높고 좁은 창문 밖에서는 수양버들들이 바람 속에 흔들렸다. 그 잎들은 반쯤 줄어든 상태였다. 아직 매달려 있는 작은 잎사귀들은 낚시줄에 걸린 물고기처럼 몸을 꿈틀거렸다.

"……나는 결혼해서 가정을 이룰 남자가 못 됩니다……."

학생들의 음성은 멎었고 피아노는 대기했다.

"아주 잘했어요."

메도즈 선생이 말했다. 그러나 아직 너무나 야릇하고 냉혹한 말투여서 어린 여학생들은 정말 공포를 느끼기 시작했다.

"자, 이제 노래를 알았으니까 이번에는 감정을 넣어서 부르세요. 될 수 있으면 풍부한 감정을 넣어요. 가사의 의미를 생각하세요. 상상력을 활용하는 거예요. 빠르게도, 아아, 너무나 빠르게도……."

메도즈 선생이 외쳤다.

"여기는 갑자기 나오는 소절이에요. 크고 강한 포르테, 즉 비가예요. 그리고 둘째 소절 '무서운 겨울'이란 대목에서는 '무서운'이란 단어를 발성할 때에는 찬바람이 불어가는 것처럼 하세요. 무서운……!"

메도즈 선생이 너무나 침통하게 말했기 때문에 메리 비즈레이는 피아노 의자 위에서 등뼈를 뒤틀었다.

"세 번째 소절은 크레센토예요. '아 빠르게도, 빠르게도 음악의 유쾌한 가락이' 하고 부르세요. 마지막 줄의 첫 단어에서 끊으세요. 즉 '사라져'에서 말예요. 또한 '가는구나'라는 대목에서는 약하게 음성을 죽이세요. 그러다가 '귀 기울여 듣는 귀'라는 대목은 희미한 속삭임이 되도록 하세요……. 마지막 소절에서는 될수록 느리게 음을 빼세요. 자, 알았지요?"

다시 두 번 가볍게 두드렸다. 그녀는 다시 팔을 들었다. "빠르게도, 아아, 너무나 빠르게도" — "……안주한다는 생각만 해도 내 가슴은 다만 혐오로 가득 찹니다 —." 혐오라고 그는 처음에 썼던 것이다. 사실 그것은 그들의 약혼이 확실히 파기되었다는 말이나 같다. 파혼! 그들 둘의 약혼! 그녀가 약혼했을 때 사람들은 깜짝 놀랐다. 이과의 그 여교사는 처음에 그 사실을 믿으려 하지 않았다. 그러나 그녀만큼 놀란 사람도 없었을 것이다. 메도즈는 30세였다. 바실은 25세였다. 그날 어두웠던 밤 교회에 갔다가 집으로 걸어오던 중 "댁에서도 알고 계실 겁니다. 난 어쩐지 미스 메도즈가 좋아졌습니다" 하고 그가 말한 것은 기적이었다. 그야말로 기적이었다. 그리고 나서 그는 그녀가 두른 타조깃털로 짠 목도리의 끝을 잡았다 — "사라져 가는구나, 귀 기울여 듣는 귀에서" —

"다시 한 번! 반복!"

메도즈 선생이 말했다.

"더 감정을 넣고! 한 번 더!"

빠르게도, 아아, 너무나 빠르게도 — 상급 학년 여학생들의 얼굴은 붉어졌고 어떤 하급 학년 학생들은 울기 시작했다. 큼직한 빗방울이 창문에 날려와 부딪혔다. 그리하여 "……내가 당신을 사랑하지 않는다는 뜻은 아닙니다……" 하고 수양버들이 속삭이는 소리가 들렸다.

"그렇지만 당신이 저를 사랑하신다면" 하고 메도즈 양의 사념은 이어졌다. "그것이 아무리 적은 사랑이라도 전 상관없어요. 당신이 편하신 대로 조금만 사랑해주세요." 그러나 그녀는 그 남자가 자기를 사랑하지 않는다는 것을 알았다. '혐오'라는 단어를 말끔히 지우려는 신경마저 쓰지 않은 것이다. 그녀가 읽지 못하도록 신경 쓰지 않았던 것이다. (곧 가을은 무서운 겨울이 되고) — 나도 이제 학교를 떠나게 될 것이다. 이 사실이 알려지고 나면 과학 교사나 학생들을 대할 수 없을 것이다. 어디론가 사라져야 할 것이다. "사라져가는구나" 하고 여학생들이 노래했다. 그 목소리들은 힘이 없고 시들고 모기 소리처럼 작아지기 시작했다……. 그리하여 완전히 사라졌다.

갑자기 문이 열렸다. 파란 옷을 입은 작은 여학생이 머리를 숙이고 입술을 깨물며, 작고 빨간 손목에 낀 은으로 만든 팔찌를 돌리며 중간 통로를 급히 걸어왔다. 그녀는 계단을 올라와 메도즈 양 앞에 섰다.

"모니카, 웬일이지?"

"저, 메도즈 선생님, 미스 와이어트 교장선생님이 교무실에서 선생님을 뵙자고 하세요."

어린 소녀는 헐떡이며 말했다.

"그래?"

메도즈 선생이 대꾸했다. 그러고는 학생들에게 말했다.

"내가 나간 동안 조용조용히 이야기하겠다고 맹세하세요."

그러나 사실 그들은 너무 기력이 빠져서 달리 할 기운이 없었다. 대부분의 학생들은 코를 풀었다.

복도는 조용하고 추웠다. 메도즈 양의 발소리를 메아리로 되돌려주었다. 교장은 자기 책상 앞에 앉아 있었다. 잠시 동안 교장은 올려다보지 않았다. 그녀는 전이나 다름없이 레이스 넥타이에 걸린 코안경의 줄을 풀고 있었다.

"메도즈 선생, 앉으세요."

교장은 매우 친절하게 말했다. 그러고 나서 그녀는 파일에서 분홍색 봉투를 집어 들었다.

"이 전보가 선생님께 와서 부르러 보냈던 겁니다."

"저에게 전보라고요?"

바실! 마침내 자살했구나 하고 메도즈 양은 단정했다. 그녀의 손이 성큼 앞으로 나갔다. 그러나 교장은 전보를 잠시 주지 않고 들고 있었다.

"중대한 소식이 아니기를 바라요."

교장은 이번에는 친절하다고 할 정도로 말했다. 그리하여 메도즈 양은 전보를 뜯었다.

"편지에 신경 쓰지 말 것. 미쳤나 봐. 오늘 스탠드를 샀소, 바실."

그녀는 읽어 내렸다. 그녀는 전보에서 눈을 뗄 수 없었다.

"별로 중대한 일이 아니기를 바라요."

교장이 몸을 앞으로 굽히며 말했다.

"네, 고맙습니다. 교장선생님. 아무것도 아니에요. 이건 ― 그저……."

그녀는 얼굴을 붉히며 사과조로 웃음을 짧게 토하고 나서 "제 애인에게서 온 거예요. 내용은 저 ―" 그녀의 말이 멎었다.

"알았어요."

교장이 말했다. 다시 침묵이 흘렀다. 그러더니 ―.

"아직 수업이 15분 남았지요?"

"네, 교장선생님."

그녀는 문을 향해 뛰다시피 했다.

"잠깐!"

교장이 말했다.

"수업 시간에 전보를 받는 것은 용납할 수 없다는 것을 일러두겠어요. 사망이라든가 큰 불상사의 경우가 아니면 말입니다."

교장은 설명했다.

"급격한 죽음 같은 중대한 사건이나 그에 버금가는 사고의 경우는 별 문제지요. 좋은 소식은 나중에 알려도 되니까……. 아시겠죠?"

희망과 사랑과 기쁨의 날개를 타고 메도즈 양은 음악실로 달려갔다. 중간 통로를 지나 계단을 올라가서 피아노 있는 곳에 이르렀다.

"메리, 32페이지. 32페이지를 펴요."

그녀가 지시했다.

그러고는 노란 국화꽃을 집어 웃음을 감추기 위해 입술에다 대었다. 그리고 나서 학생들 쪽을 향해 지휘봉을 두드렸다.

"여러분, 32페이지를 펴요. 32페이지."

우리는 오늘 여기 왔도다.
한 아름 넘치는 꽃과 바구니에 가득한
과일, 게다가 리본을 가지고
축하드리러, 축하드리러……

"그만! 그만!"

메도즈 선생아 외쳤다.

"이건 엉망이야. 끔찍해."

그녀는 학생들을 향해 밝게 웃었다.

"여러분, 웬일이지요? 노래하는 가사 내용을 생각하세요. 상상력을 동원하세요. '한 아름 넘치는 꽃과 바구니에 가득한……' 하고 불러야지……. 그리고 '축하드리러, 축하드리러……' 하고 불러야지."

메도즈 양은 말을 중지했다.

"여러분! 그렇게 우울한 표정 짓지 마세요. 이 노래는 훈훈하고 즐겁고 열정적인 노래니까요. 자, 다시 한 번 다같이! 시작!"

그런데 이번에는 메도즈 선생의 음성이 모든 다른 목소리를 압도하며 크게 들렸다 ― 충만하고 깊은 감정으로 불타며…….

낯선 사람

부두 위에 서 있는 소수의 무리가 보기에 그 배는 도무지 다시 움직일 것 같지 않았다. 출렁이는 회색 물위에 거대한 몸통을 눕힌 채, 그 위로는 연기의 고리가 걸렸고 많은 갈매기 떼는 이물에서 음식 찌꺼기가 떨어지는 것을 쫓아 끼익끼익 외치며 물속으로 뛰어들었다. 왜소한 쌍쌍이 활보하는 것이 보였다ー구겨진 회색 식탁보 위에 얹은 접시 위를 이리저리 걸어다니는 작은 파리들 말이다. 다른 파리들은 접시 가장자리에 다닥다닥 모여 붙어 있었다. 하갑판 위에는 하얀 것이 반짝였다. 요리사의 앞치마 아니면 여승무원의 모습일 것이다. 막 거미 한 마리가 사다리를 급히 올라가 선교로 달음질쳤다.

그 군중의 앞에는 강인하게 생긴 중년 남자ー훌륭한 복장에 회색 외투를 따뜻하게 걸치고 회색 실크 스카프와 두꺼운 장갑과 검은 중절모를 쓴 사나이가 접은 우산을 빙글빙글 돌리며 이리저리 왔다 갔다 했다. 그는 지금 부두 위에 있는 집단의 지도자 같았고 동시에 그들을 불러 모은 장본인 같았다. 어쨌든 그는 양 지키는 개와 양치는 목동 그 중간 위치에 해당하는 사람이었다.

하지만 이 얼마나 바보짓인가! 망원경을 가지고 오지 않다니 얼

176

마나 바보스러운가! 그들 사이에 망원경을 가진 사람은 하나도 없었다.

"스코트 씨, 우리 중에서 망원경을 생각한 사람이 하나도 없다니 참 이상하군요. 그것만 있었어도 배 위에 있는 것들을 조금이나마 선동할 수 있었을 텐데. 여기서 신호라도 약간 보낼 수 있었을 게 아닙니까? '지체 말고 상륙하라. 토착민은 위험하지 않다'라든가 '환영함, 모든 것을 용서함'이라든가 말입니다. 네? 뭐라구요?"

해먼드 씨의 민첩하고 열기 있는 눈초리는 불안을 담았으면서도 매우 다정하고 신뢰를 나타냈기 때문에 부두에 있는 모든 사람을 끌어들였고 건너다리에 기댄 늙은이들까지도 끌어들였다. 그들은 너 나 할 것 없이 저 배에 해먼드 부인이 타고 있다는 것을 알았다. 지금 그는 너무나 흥분하여 그의 머리로는 이 놀라운 사실이 그들에게는 아무 의미도 없다는 사실을 믿을 수 없었다. 그래서 그는 그들에게 훈훈한 온정을 느꼈다. 그들은 좋은 사람들이라고 그는 속으로 단정했다. 저 건너다리 곁에 있는 늙은이들도 훌륭하고 견실한 인간들이라고 단정했다. 젠장! 왜 저렇게 가슴을 움츠렸을까! 그는 자신의 가슴을 활짝 피고 두꺼운 장갑을 낀 손을 주머니에 꽂고 발꿈치와 발가락을 교대로 들면서 몸을 흔들었다.

"그래요, 우리 마누라는 10개월 동안 유럽에 가 있었어요. 작년에 결혼한 큰딸을 보러 갔어요. 이곳 크로포드까지 내가 직접 데려왔지요. 그래서 여기까지 마중 나오는 게 좋겠다고 생각한 겁니다. 모두가 그렇게 된 거예요."

그는 현명하게 생긴 눈을 가늘게 뜨면서 꼼짝하지 않는 기선을 초조하게 그리고 날카롭게 바라보았다. 그의 외투 단추가 다시금

풀렸다. 가늘고 버터처럼 노란 시계가 다시 나왔다. 그는 스무 번째 ― 쉰 번째 ― 1백 번째 시간 계산을 하는 것이었다.

"어디 보자. 검역선이 나갔을 때가 2시 13분이었지. 2시 15분⋯⋯. 지금이 정각 4시 28분이니까 의사가 거기에 간 지 2시간 하고 10분이 지났단 말야. 2시간 13분이로군. 히유!"

그는 휘파람 소리 같은 야릇한 소리를 내고 나서 다시 시계를 닫았다.

"하지만⋯⋯ 무슨 일이 생겼다면 이쪽에다가도 알려줬어야 하는데⋯⋯. 게이븐 씨, 안 그렇습니까?"

"암, 그렇고말고요. 해먼드 씨, 뭐 그리 염려할 일은 일어나지 않았을 겁니다."

게이븐 씨는 파이프를 구두 뒤축에 두드려 털었다.

"동시에 ― ."

"바로 그래요. 그건 그래요."

"성급한 염려였어요!"

해먼드 씨가 외쳤다. 총총걸음으로 이리저리 왔다 갔다 하더니 다시 스코트 부부와 게이븐 씨 사이에 해당하는 자기 자리로 돌아왔다.

"점점 날이 어두워지는군."

그러면서 해먼드 씨는 어둠이 조금이나마 물러가는 예의를 지닌 존재인 것처럼 접은 우산을 허공에 휘둘렀다. 그러나 어둠은 서서히 와서 느릿느릿한 얼룩처럼 물 위에 퍼졌다. 어린 진 스코트는 그녀의 어머니 손을 잡아당겼다.

"엄마, 나 홍차 먹고 싶어."

그녀는 칭얼거렸다.

"그럴 줄 알았다. 여기 있는 모든 숙녀들이 차를 마시고 싶을 겁니다."

해먼드 씨가 말했다. 이런 친절하고 빛을 발하는, 그러면서 동시에 측은해하는 그의 눈매는 그들 모두를 다시금 포용했다. 재니는 저 배의 사교실에서 마지막 차를 마시고 있을까 하고 그는 생각해 보았다. 그랬으면 좋겠다고 바랐다. 그러나 그렇지 않으리라는 생각이 들었다. 그녀는 그녀답게 갑판을 떠나지 않았을 것이다. 그렇다면 갑판의 사환이 그녀에게 한 잔 가져다주었을 테지. 자신이 저 배에 타고 있었다면 대신 그 잔을 아내에게 갖다 주었을 텐데 — 어떻게 해서라도 그랬을 것이다. 그리하여 그는 잠시 갑판에 오른 자신을 상상했다. 그녀 곁에 서서, 그녀가 늘 그러듯 작은 손으로 잔을 감아 잡고 배에서 제공하는 마지막 차를 마시는 동안 그녀를 내려다보는 자신의 모습을 상상했다……. 그러나 곧 그는 현실의 장소인 여기에 돌아왔다. 그런데 저 저주받을 선장 녀석이 배를 언제까지 물속에 잡아둘지 알 수 없는 노릇이었다. 그는 다시 몸을 돌려 이리저리 서성거렸다. 마차를 세워두는 곳까지 걸어가서 마부가 사라지지 않은 것을 확인했다. 다시 빙글 돌아, 바나나 상자를 쌓아두는 장소에 옹기종기 모인 소수의 무리에게로 돌아왔다. 어린 진 스코트는 아직도 차를 원했다. 불쌍도 하지! 초콜릿 한 개라도 있었으면 싶었다.

"이봐라, 진! 높은 곳에 올려놓아줄까?"

그는 가볍고 부드럽게 어린 소녀를 높은 통 위로 들어올렸다. 소녀를 들어올려 안전한 자세로 세우는 동작은 그에게 놀라운 안도감을 주었고 마음을 가볍게 했다.

"꼭 잡거라."

그는 한 팔로 소녀를 감아 안은 채 말했다.

"해먼드 씨, 진에 대해 염려하지 마세요."

스코트 부인이 말했다.

"괜찮습니다. 아무것도 아닙니다. 그냥 재미있을 뿐입니다. 진, 너 나하고 친구지? 안 그러냐?"

"네, 우린 친해요."

진은 말하고 그의 중절모 패인 곳에 손가락을 넣었다.

그런데 갑자기 진이 그의 귀를 잡더니 요란하게 외쳤다.

"저 봐요, 해먼드 씨! 보세요. 배가 움직여요. 저 봐요. 배가 들어와요."

정말 그랬다. 배가 들어오고 있었다. 드디어! 배는 천천히 느릿느릿 선체를 돌렸다. 종소리가 물위를 온통 뒤덮듯 울려 퍼지고 증기가 하늘로 웅장하게 뿜어 올라갔다. 갈매기들이 날아올라 하얀 종잇조각들처럼 퍼덕이며 날아갔다. 저 깊은 쿵쿵 소리가 배의 기관에서 나오는 소리인지 자신의 심장 소리인지 해먼드 씨는 구별할 수 없었다. 어느 쪽이든 그것을 견디기 위해 그는 힘을 내야 했다. 그때 항만청장직을 맡은 늙은 존슨 씨가 가죽 손가방을 겨드랑 밑에 끼고 부두를 활보하며 다가왔다.

"진은 염려 마십시오. 내가 붙들겠습니다."

스코트 씨가 말했다. 알맞은 시간이었다. 해먼드 씨는 진에 대해 까맣게 잊었던 것이다. 그는 늙은 존슨 청장에게 인사하기 위해 달려갔다.

"청장님, 마침내 우리에게 자비를 베푸셨군요."

그 열의에 찬 불안한 음성이 다시 울렸다.

"해먼드 씨, 나를 비난해도 소용없습니다."

청장은 정기 여객선을 응시하며 탄식조로 말했다.

"부인께서 저 배에 타고 오신 모양이죠?"

"네, 네. 그렇습니다."

해먼드 씨는 청장 곁에 붙어 서서 말했다.

"해먼드 부인이 저기 타고 있습니다. 야호! 이제 얼마 안 걸릴 거야!"

선내(船內) 전화가 때랭때랭 울리고 스크루 쿵쿵거리는 소리가 주위의 공기를 가득 채우며 거대한 여객선은 그들 쪽을 향했다. 검은 수면을 날카롭게 가르며 거대한 흰 파도를 양쪽으로 날렸다. 해먼드와 항만청장은 다른 사람들의 앞에서 있었다. 해먼드는 모자를 벗었다. 그는 갑판을 샅샅이 살폈다. 갑판은 승객들로 초만원이었다. 그는 모자를 흔들며 물을 가로질러 크고 야릇한 목소리로 "야호!" 하고 소리쳤다. 그러고는 뒤를 돌아보며 너털웃음을 터뜨리더니 청장에게 무엇인가 ― 아니 아무 의미도 없는 말을 던졌다.

"부인을 보았습니까?"

청장이 물었다.

"아직 보지 못했습니다. 자, 침착하게 ― 좀 더 기다립시다."

그러고는 갑자기 크고 둔한 두 백치들 사이에서 ― "저기 좀 비켜!" 하고 그는 우산으로 신호했다 ― 손 하나가 올라가는 것이 보였다. 손수건을 흔드는 흰 장갑이 보였다. 다음 순간 아, 신이여 감사합니다! 그녀가 거기에 있었다. 재니가 있었다. 해먼드 부인이 있

었다. 응, 응, 응―난간 곁에 서서 웃음짓고 고개를 끄덕이며 손수
건을 흔들었다.

"그래, 저건 최고다! 최고야! 됐어, 됐어, 됐어."

그는 자신 있게 발을 굴렀다. 그러고는 번개처럼 날쌔게 담뱃갑
을 꺼내어 늙은 존슨 청장에게 권했다.

"자, 한 대 태우십시오. 아주 질이 좋은 담배입니다. 두어 개 집
으십시오. 자―."

그는 갑에 든 모든 담배 개비를 청장에게 내밀었다.

"호텔에 가면 두 갑 더 있습니다."

"해먼드 씨, 고맙소."

늙은 청장은 헛바람이 섞인 음성으로 말했다.

해먼드는 담뱃갑을 다시 넣었다. 그의 손은 떨렸다. 그러나 그는
침착성을 되찾았다. 그는 재니와 대면할 수 있었다. 그녀는 저기 난
간에 기대어 어떤 부인과 이야기하며 동시에 그를 보며 그를 맞을
준비가 되어 있었다. 물이랑이 가까워짐에 따라 거대한 배 위에 선
그의 처는 너무나 작아 보였다. 가슴에 어떤 경련이 일어나 그는 고
함을 칠 지경이었다. 혼자서 먼 길을 여행하고 돌아와서 저렇게 작
게 보이다니! 하지만 그녀다웠다. 재니다운 일이다. 그녀에겐 용기
가 있다. 그런데―이제 승무원들이 앞으로 나왔기 때문에 승객들은
양쪽으로 갈라졌다. 승무원들은 건너다리를 걸칠 난간을 내렸다.

육지에 있는 목소리와 배에 있는 목소리가 서로 인사말을 날
렸다.

"모두 안녕하셔?"

"모두 안녕하셔요."

"어머니는 어떠셔?"

"훨씬 나아지셨어요."

"야! 진!"

"에밀리 아주머니, 안녕하세요!"

"바다 여행 재미 좋았어?"

"멋졌어요."

"이제 잠깐이면 돼."

"이제 곧."

엔진이 멈췄다. 배는 서서히 부두 곁으로 접근했다.

"거기 비켜요 — 비켜, 비켜요!"

부두의 인부들이 무거운 건너다리를 눈 깜짝할 사이에 설치했다. 해먼드는 재니더러 거기 그대로 있으라고 신호했다. 늙은 청장이 앞으로 나섰다. 해먼드는 그의 뒤를 따랐다. "레이디 퍼스트"니 하는 고리타분한 것은 그의 머리에 떠오르지 않았다.

"청장님, 먼저 가십시오!"

그는 상냥하게 말했다. 그러고는 청장의 발꿈치를 밟으며 건너다리를 성큼성큼 올라가 갑판에 이르자 곧장 재니에게 갔다. 그리하여 재니는 그의 팔 안에 꼭 안겼다.

"자, 자, 자. 그래, 그래, 그래. 이제 다시 만났군!"

그는 더듬거렸다. 이것이 그가 말한 전부였다. 그러자 재니의 얼굴이 그의 팔 사이에서 나타났다. 그러고 나서 그녀의 침착하고 작은 목소리 — 이것은 그에게는 세상에 존재하는 유일한 목소리였다 — 가 말했다.

"여보, 오래 기다리셨어요?"

아니, 오래 기다리지 않았어. 어쨌거나 그까짓 건 문제가 아니었다. 이제 모든 것이 지난 일이다. 그러나 지금 중요한 것은 부두 끝에 마차를 대기시켜두었다는 사실이었다. 그녀는 지금 당장 배에서 내릴 준비가 되어 있는지 모르겠다. 화물은 가지런히 준비되었을까? 그렇다면 선실 화물만을 가지고 당장 떠날 수 있다. 다른 일은 내일까지 내버려둬도 된다. 그는 몸을 굽혀 아내를 내려다보았다. 그랬더니 그녀는 그 친숙한 반쯤 웃는 얼굴로 올려다보았다. 그녀는 여전했다. 조금도 변한 것이 없었다. 그가 전부터 아는 바로 그녀였다. 그녀는 작은 손을 그의 소매 위에 걸쳤다.

"아이들은 별고 없나요?"

그녀가 물었다.

(아이들이 어떠면 어떤가!)

"다들 잘 있어. 그 어느 때보다 더 잘 있어."

"제게 보낸 아이들의 편지가 있었나요?"

"있었어, 물론 있지. 당신이 천천히 음미하며 읽으라고 호텔에 두고 왔어."

"그렇게 급히 이곳을 떠날 수 없겠어요. 작별인사를 해야 할 사람이 많아요. 게다가 선장과도 만나야 해요."

그녀가 말했다. 그가 실망하는 얼굴을 보이자 그녀는 마치 이해해요 하고 말하듯 그의 팔을 힘을 주어 잡았다.

"선장이 선교에서 내려오거든 내 처를 그렇게 잘 돌보아주어서 고맙다고 인사하세요."

그녀가 말했다. 아니 그가 그녀를 사로잡았구나. 10분 여유를 달라고 한다면—그래야지. 그가 동의했을 때 그녀는 곧 사람들에게 포위되었다. 일등 선객 전부가 재니에게 작별인사하기를 원하는 것 같았다.

"안녕히 가세요, 해먼드 부인! 다음에 시드니에 오시거든 꼭 우리를 방문하세요."

"해먼드 부인! 잊지 말고 편지 주십시오."

"해먼드 부인, 부인이 이 배에 없었다면 이 배는 얼마나 따분했겠습니까!"

그녀가 승객 중에서 가장 인기 있었다는 것은 불을 보듯 분명했다. 그런데 그녀는 이 모든 것을 받아들였다. 항상 그랬던 게 아니냐? 아주 침착하게 그랬겠지……. 언제나 작은 체구─머리끝부터 발끝까지 항상 재니였겠지. 베일을 뒤로 넘기고 거기에 서 있었겠지……. 해먼드는 아내가 무엇을 입었는지 눈여겨보지 않았다. 그녀가 무엇을 입든 항상 그에게는 마찬가지였다. 그러나 오늘 그는 확실히 눈여겨보았다. 그녀는 검은 "커스튬"(여자들은 이렇게 불렀지)을 입었는데, 하얀 장식이 가장자리에 달리고, 그의 생각으로는 주름장식이라는 것이 목과 소매에 둘렸다. 이런 생각에 잠긴 동안 그녀는 그를 잡아 돌렸다.

"여보, 당신을 소개하겠어요."

재니가 말했다.

마침내 그들은 그곳을 탈출했다. 그녀가 앞장서서 그녀의 일등 선실로 갔다. 그녀가 익숙히 아는 복도─그에게는 전혀 낯선 곳이었다─를 그녀의 뒤를 따라 걷는 일. 그녀의 뒤에서 초록색 커튼을 열고 그녀가 이제까지 차지했던 선실에 발을 들여놓는 일─이 모두가 그에게 말로 표현하기 어려운 행복감을 안겨주었다. 그런데

이 얼마나 당황스런 일인가! 여승무원이 바닥에서 모포를 묶고 있었다.

"해먼드 부인, 저게 마지막입니다."

그러더니 여승무원은 일어서서 걷었던 소매를 내렸다.

그는 다시 소개되었다. 그러고 나서 재니와 여승무원은 복도 쪽으로 사라졌다. 소곤거리는 소리가 들렸다. 재니가 팁을 주는 절차를 끝냈구나 하고 그는 생각했다. 그는 줄무늬 있는 소파에 앉아 모자를 벗었다. 재니가 가지고 다녔던 모포가 있었다. 그 모포는 새것이나 다름없었다. 그녀의 화물은 모두 신선하고 완전무결한 외형을 갖추었다. 화물표에는 아름답고 작은 명확한 그녀의 글씨체로 "존 해먼드 부인"이라고 적혀 있었다.

"존 해먼드 부인이라!"

그는 만족을 나타내는 긴 한숨을 토하고 나서 다시 등받이에 깊숙이 기대고 앉아 팔짱을 끼었다. 긴장은 끝났다. 그는 그의 심장을 때리고 끌고 꼬집는 초조함에서 벗어났다는 안도감 — 이 안도의 한숨을 쉬면서 영원히 거기에 앉아 있을 수 있다고 느꼈다. 위험은 끝났다. 지금 바로 그런 기분이었다. 그들은 이제 안심이었다. 그러나 바로 그 순간 재니의 머리가 모퉁이를 돌아왔다.

"여보, 괜찮다면 가서 의사 선생에게 작별인사를 하고 오겠어요."

"나도 같이 갈게."

해먼드가 올려다보았다.

"아녜요. 신경 쓰지 마세요. 귀찮게 해드리고 싶지 않아요. 1분도 안 걸릴 거예요."

그리하여 그가 뭐라고 대답하기도 전에 그녀는 사라졌다. 그는 그녀의 뒤를 따라가고 싶었다. 그러나 그러지 않고 다시 자리에 앉았다.

정말 오래 걸리지 않을까? 지금이 몇 시일까? 시계가 나왔다. 그는 멍청히 시선의 초점을 잃었다. 재니의 태도가 좀 이상한데…… 여승무원에게 대신 인사를 전해달라고 왜 말하지 않았을까? 왜 의사를 찾아가야만 할까? 무슨 절박한 일이 있다 해도 호텔로 가서 거기서 전갈을 보낼 수도 있지 않았을까? 그렇다면 ─ 여행 중 병을 앓았다는 말인가? 무언가를 그에게 감추는 게 아닌가? 바로 그거다! 그는 그의 모자를 잡았다. 그는 의사라는 녀석을 찾아내서 무슨 일이 있어도 그의 입에서 사실을 알아낼 참이었다. 그 순간 무언가 깨달았다는 느낌이 들었다. 그녀는 좀 지나치게 냉정하다 ─ 너무 침착해…… 처음부터 ─ .

커튼에서 소리가 났다. 재니가 돌아왔다. 그는 벌떡 일어났다.

"재니, 이번 여행 동안에 아팠어? 그렇지?"

"아프다니요?"

그녀의 밝고 작은 목소리는 그를 놀리듯 말했다. 그녀는 모포 위를 넘어와서 그에게 가까이 다가서더니 그의 가슴에 손을 대면서 올려다보았다.

"당신."

그녀가 입을 열었다.

"저를 놀라게 하지 마세요. 병은 무슨 병을 앓지요? 그런 일 없었어요. 왜 그런 생각을 하시죠? 어디 아픈 사람 같아요?"

그러나 해먼드는 아내를 쳐다보지 않았다. 그녀가 자기를 바라본다는 것을 느낄 뿐이었고 아무것도 염려할 것이 없다는 생각이 들었다. 그녀에겐 여기에서 처리해야 할 여러 가지 일이 있는 것이다. 그건 괜찮다. 모든 것에 문제는 없다.

그녀의 손이 부드럽게 눌러 가해오는 압력이 어찌나 평화로운지 그는 그녀의 손을 잡아두기 위해 자기 손을 그 위에 포겠다. 그러자 그녀가 말했다.

"가만히 서 계세요. 당신 얼굴을 보고 싶어요. 전 아직 당신 얼굴을 보지 못했어요. 수염을 깨끗이 다듬었군요. 당신 전보다 더 — 젊어 보여요. 분명히 날씬해지셨어요. 홀아비 생활이 당신에게 맞는 모양이에요."

"홀아비 생활이 내게 맞다니!"

그는 사랑에 굶주린 것 같은 신음 소리를 내며 다시 그녀를 가까이 안았다. 그러자 다시 전에도 늘 그랬듯이 결코 그의 것이 아닌 어떤 것을 안았다는 느낌이 들었다. 결코 자기 것이 될 수 없는…… 너무나 섬세하고 너무나 귀중해서 놓는 순간 날아가버릴 어떤 것을.

"제발 이제 호텔로 갑시다. 어서 우리 둘만의 시간을 가져야지!"

그는 화물을 부탁하기 위해 누군가 오라고 벨을 힘껏 눌렀다.

둘이서 부두를 걸을 때 그녀는 그의 팔을 잡았다. 그는 그녀를 다시 자신의 팔에 소유한 것이다. 재니의 뒤를 따라 마차에 오르고 빨간 줄과 노란 줄이 있는 담요를 함께 두르고 앉아서 아직 차를 마시지 않았기 때문에 빨리 서두르도록 마부에게 명령하는 것 — 이건 혼자 있을 때와는 너무나 큰 차이가 있었다. 차를 생략한다든가 스스로 차를 따르는 일은 이제 없을 것이다. 그녀가 돌아온 것이다.

그는 그녀에게로 몸을 돌리며 그녀의 손을 힘껏 쥐었다. 그러고는 그녀에게만 사용하는 "특별한" 목소리로 부드럽게, 그리고 놀리는 식으로 "집에 돌아와서 즐거워?" 하고 말했다. 그녀는 웃음을 지었다. 수고스럽게 대답조차 하지 않았다. 다만 밝은 거리로 접어들자 살며시 그의 손을 끌었다.

"호텔에서 제일 좋은 방을 잡아두었어. 다른 사람들의 방해를 받기가 싫었거든. 그리고 당신이 춥다고 할까 봐 불을 좀 지피라고 하녀에게 일러두었어. 하녀는 착하고 주의 깊은 아이야. 그런데 말야, 이왕 우리가 여기에 왔으니 구태여 내일 집으로 갈 필요가 없다고 생각해. 이곳을 좀 구경하고 모레 아침에 떠나지. 괜찮겠어? 급한 일 없지? 아이들이야 어차피 곧 보게 될 거고……. 하루를 관광 여행으로 보내면 긴 여행을 한 당신에게 좋은 휴식이 될 거야. 그렇지 않아?"

"모레 차표를 사셨나요?"

그녀가 물었다.

"응, 사긴 샀는데……."

그는 외투의 단추를 풀고 불룩한 지갑을 꺼냈다.

"자, 봐. 샐리스베리 행 일등 좌석을 예약했군. 이봐. '존 해먼드 부부'라고 적혔지? 둘이서 편안히 지내는 게 좋겠다고 생각했거든. 다른 사람이 끼어드는 게 싫어서 말야. 그리고 당신이 더 오래 여기 머물고 싶다면 ― ."

"그건 아녜요. 절대로 그러진 않겠어요. 그러면 모레로 해요. 그리고 애들은 ― ."

그녀가 재빨리 말했다.

그들은 호텔에 도착했다. 지배인이 넓고 조명이 밝은 현관 입구에 서 있었다. 그는 그들을 마중하기 위해 내려왔다. 짐꾼이 그들의 짐을 받기 위해 홀에서 뛰어왔다.

"자, 아널드 씨, 마침내 집사람이 돌아왔습니다."

지배인은 몸소 두 사람을 홀로 안내하고 엘리베이터의 단추를 눌렀다. 해먼드는 자기와 장사 거래를 하는 사람들이 작은 테이블 앞에 앉아 저녁식사에 앞서 한잔 마시는 것을 알았다. 그러나 그들을 방해하고 싶지 않았다. 그래서 그는 오른쪽도 왼쪽도 보지 않았다. 마음대로 생각하라지 하는 심사에서였다. 이해하지 못하겠으면 놈들은 더욱 바보다―그는 엘리베이터에서 나와 방 문을 열쇠로 열고 재니를 안으로 안내했다. 문은 닫혔다. 이제야 그들은 단둘이 된 것이다. 그가 불을 켰다. 커튼을 내렸다. 불은 활활 타올랐다. 그는 모자를 거대한 침대로 날려버리고 그녀에게로 갔다.

그러나 이게 어찌 된 일인가! 그들은 다시 방해받았다. 이번에는 짐을 날라 온 짐꾼이었다. 짐꾼은 두 번 왕복했는데, 그동안 문을 열어놓은 채 천천히 휘파람 불며 복도를 왕래했다. 해먼드는 방 안을 이리저리 거닐며 장갑을 벗고 머플러를 풀었다. 마지막으로 외투를 침대 곁에다 팽개쳤다.

마침내 그 바보 녀석도 가버렸다. 문이 찰칵 하고 닫혔다. 드디어 그들은 단둘이 되었다.

"당신을 나 혼자서 독점하기란 이제 불가능하다는 생각이 드는군. 그 빌어먹을 인간들 때문이지! 재니―."

그러더니 그는 말을 끊었다. 그는 충혈되고 열띤 눈매를 그녀에게 던졌다.

"우리 저녁식사는 여기서 합시다. 식당으로 내려가면 다시 방해를 받을 테니까. 게다가 요란한 음악이 나온단 말야. (어젯밤만 해도 그가 높이 평가하고 요란하게 갈채를 보내던 음악이었거늘!) 시끄러워서 서로의 이야기가 들리지 않아. 이 불 앞으로 뭐든지 시켜오기로 하지. 차를 마시기엔 시간이 너무 늦었지? 저녁식사를 내가 주문할까? 어때, 내 생각이?"

"편하실 대로 하세요. 당신이 잠깐 나간 동안 — 난 아이들의 편지나……."

재니가 말했다.

"그건 나중에 읽어도 돼!"

해먼드가 말했다.

"나중에는 또 바빠질 것 아녜요. 그래서 먼저 천천히 —."

재니가 말했다.

"아냐, 지금 직접 밑으로 내려갈 필요가 없어. 전화를 걸어서 주문하면 되니까……. 내가 방에서 나가는 것을 원하지는 않겠지?"

해먼드가 설명했다.

재니는 고개를 내저으며 웃었다.

"한데, 당신 지금 다른 생각을 하는 것 같아. 어떤 것을 걱정하고 있어. 그게 뭐야? 이리 와서 앉아. 와서 불 앞의 내 무릎 위에 앉아봐."

해먼드가 말했다.

"잠깐 모자를 벗겠어요."

그녀는 화장대 앞으로 걸어갔다.

"아!"

그녀는 작은 비명을 질렀다.

"무슨 일이야?"

"아무것도 아니에요. 방금 아이들의 편지를 발견했어요. 괜찮아
요. 이건 나중에 읽어도 돼요. 서둘 건 없어요."

그녀는 편지들을 집으며 그를 향했다. 그녀는 다시 그것들을 가
장자리에 장식이 달린 블라우스 속에 넣었다. 그러고는 명랑하게
말했다.

"이 화장대는 전형적인 당신 스타일이군요."

"어째서? 그것이 어떻다는 거지?"

해먼드가 물었다.

"이게 저승에서 둥둥 떠다닌다 해도 나는 이걸 보고 '존!?' 하고
말할 거예요."

재니가 깔깔대고 웃으며, 큰 병에 든 머릿기름과 버들세공이 된
향수병과 머리빗 두 개와 분홍색 테이프로 고정시킨 한 타스 가량
의 새 칼라를 바라보았다.

"이것이 당신의 짐 전부인가요?"

"내 짐이야 어떠면 어때, 까짓!"

해먼드가 말했다. 하지만 그는 재니에게 조롱받는 것이 좋았다.

"우리 이야기나 하자고. 관심 있는 일이나 이야기하자고. 저 —
말해봐."

재니가 그의 무릎에 앉자 그는 몸을 의자 안으로 기대며 그녀를
깊고 보기 흉한 의자 속으로 끌어당겼다.

"재니, 돌아와서 정말 기뻐? 말해봐."

"네, 기뻐요."

그녀가 말했다.

그러나 그녀를 포옹했을 때 그는 그녀가 날아가버릴 것 같은 느낌을 받았다. 그래서 그녀도 그와 같이 기쁜지 어떤지는 도저히 알 수 없었다. 도저히 확실히 알 수는 없었다. 어떻게 그것을 알 수 있겠는가? 언젠가는 알게 될까? 그녀의 어느 일부분도 이탈하지 못하도록 그녀를 그의 일부분으로 만들고 싶은 이 허기와 같은 통증, 이 갈증을 영원히 느끼고 살아갈까? 그는 모든 인간, 모든 것을 말소시키고 싶었다. 그는 이제 등불을 끄고 싶었다. 그러면 그녀를 더 가까이 소유할 수 있을 것이다. 그런데 지금 블라우스에 넣은 아이들의 편지에서 버석버석 하는 소리가 들렸다. 그것을 타는 불 속에 집어넣을 수도 있었는데…….

"재니!"

그가 속삭였다.

"뭐지요?"

재니는 그의 가슴 위에 누웠지만 너무 가볍고 멀었다. 그들의 호흡은 함께 올라갔다가 함께 떨어졌다.

"재니!"

"뭐 말예요?"

"내 쪽을 봐."

그가 속삭였다. 깊은 홍조가 서서히 그의 이마에 번졌다.

"재니, 키스해줘. 키스해!"

잠깐 동안 시간이 흐른 것 같았다. 그러나 그로서는 고통을 느끼기에 충분히 긴 시간이었다. 마침내 그 시간이 지나자 그녀의 입술이 그의 입술에 확고하고 가볍게 닿았다. 그건 그녀가 그에게 늘 해주던 키스와 동일한 것이었다. 이를테면 이걸 어떻게 설명할까? 저─그들이 이야기하던 내용을 확인하고 계약에 서명하는 것처럼 그 키스는 그의 입술을 눌렀다. 그러나 그것은 그가 원하는 것이 아니었다. 그것은 그가 갈구하는 것은 결코 아니었다. 그는 갑자기 지독한 피로를 느꼈다.

"혹시 당신도 알지 모르지만─."

그는 눈을 뜨며 말했다.

"오늘 기다리는 시간은─마치 무엇과 같다고 할까? 난 배가 영원히 들어오지 않는 줄 알았어. 그곳 부두에서 우리는 이리저리 헤매며 서성거렸던 거야. 왜 그리 오래 지체했지?"

그녀는 대답하지 않았다. 그녀는 그를 외면하고 불에 시선을 주었다. 불꽃은 서둘렀다─석탄 위를 서둘러 달리더니 탁탁 하는 소리를 내다가 기세가 꺾였다.

"자는 것 아냐?"

해먼드는 말하고 그녀를 위아래로 추슬렀다.

"자지 않아요."

그녀가 말했다. 그러고 나서 그녀는 잠시 후 "그러지 마세요. 전지금 생각하는 게 있어요. 사실은─" 하고 설명하기 시작했다.

"어젯밤 한 승객이 죽었어요. 남자였어요. 그것 때문에 입항이 지체되었던 거예요. 죽은 사람을 육지로 데려왔어요. 바다에다 수장하지 않았어요. 그래서 선내 의사와 육지의 의사가─."

"뭐라고?"

해먼드는 기분이 좋지 않아서 질문했다. 그는 죽음에 대한 이야기가 듣기 싫었다. 그런 일이 일어났다는 것이 싫었다. 그것은 이상하게도 그와 재니가 호텔로 오는 도중 장례식과 마주친 것 같은 기분이었다.

"전염병 같은 것은 결코 아니었어요."

재니가 말했다. 그녀는 숨소리보다도 크지 않은 소리로 속삭였다.

"심장병이었어요."

침묵.

"불쌍하게도!"

그녀는 다시 입을 열었다.

"아직 새파란 젊은이가 ─."

그녀는 불이 가물거리다가 꺼지는 것을 응시했다.

"내 팔 안에서 그 사람은 죽었어요."

재니가 말을 맺었다.

그 충격이 너무나 갑작스러운 것이어서 해먼드는 실신할 것 같았다. 그는 몸을 움직일 수 없었다. 호흡이 불가능했다. 힘이 온몸에서 빠져나가는 것 같았다. 그의 힘이 몸에서 빠져나와 검고 큰 의자 속으로 흘러들어가는 것 같았다. 다시 그 의자는 그를 힘껏 잡아쥐면서 그것을 참으라고 강요하는 것 같았다.

"뭣이? 그게 무슨 말이야?"

그는 막연하게 말했다.

"임종은 아주 평온했어요."

그녀가 작은 목소리로 말했다.

"다만 그 사람은 ─."

그녀가 다정다감한 손을 위로 쳐드는 것이 보였다.

"마지막 숨을 내쉴 때 호흡과 생명을 함께 토했어요."

그녀의 손이 내려왔다.

"당신 말고 그 자리에 누가 또 있었지?"

해먼드가 겨우 물었다.

"아무도 없었어요. 나와 그 사람 단둘밖에 없었어요."

오, 맙소사! 도대체 무슨 말을 하는 거야? 도대체 나를 어떻게 하려고 이러는 거야! 이건 나를 살해하는 행위가 아니고 뭔가! 그녀는 계속 이야기했다ㅡ.

"나는 이상한 변화를 직감하고 여승무원을 시켜 의사를 부르러 보냈어요. 하지만 의사가 왔을 때는 이미 늦은 시간이었어요. 의사도 도저히 손을 쓸 수 없었어요."

"그런데 왜 하필 당신이 ㅡ 왜 당신이었지?"

해먼드는 신음하듯 말했다.

그러자 재니는 몸을 급히 돌리며 그의 얼굴을 살폈다.

"당신은 듣지 않아도 되겠지요? 그렇지요? 그것은 당신에게나 나에게 아무 상관이 없는 일이니까."

재니가 말했다.

이럭저럭 그는 웃음과 비슷한 표정을 짓고 그녀를 보았다. 또한 이럭저럭 그는 더듬었다.

"그렇지 ㅡ 그래서? ㅡ 말을 계속해 ㅡ 계속해봐! 듣고 싶으니까."

"하지만, 여보!"

"재니, 말하라니까!"

"말할 게 하나도 없어요."

그녀는 생각을 더듬듯 말했다.

"그 사람은 일등실 승객이었어요……. 배에 탔을 때 중병환자라는 것을 나는 알았어요……. 하지만 어제까지 몸이 무척 좋아진 것 같았어요. 그런데 오후에 갑자기 심한 발작이 시작되었어요—흥분—내 생각에는 배가 도착한다는 것에 대한 불안이 원인이었던 것 같아요. 그러고는 회복되지 않았어요."

"그런데 왜 여승무원이—."

"참—여승무원 말예요?"

재니가 말했다.

"그가 어떻게 느꼈겠어요? 그 외에도 무언가 남길 이야기가 있었던 모양이에요. 누구에겐가—."

"그래, 아무 말도 남기지 않았단 말야?"

해먼드가 중얼거렸다.

"한마디도 남기지 않았어요. 한마디도!"

그녀는 고개를 가볍게 흔들었다.

"나와 함께 있는 시간 내내 그 사람은 너무나 허약해서…… 너무 몸이 허약해서 손가락조차 움직이지 못했어요……."

재니는 입을 다물었다. 그러나 그녀의 말 한마디 한마디는 가볍고 부드럽고 싸늘하게 허공을 맴돌다가 눈처럼 그의 가슴으로 떨어져 들어오는 것 같았다.

불은 빨간색으로 변했다. 불은 이제 픽 하는 소리를 내며 꺼지더니 방 안이 추워졌다. 한기가 그의 팔을 기어올랐다. 방은 거대하고 웅장하고 번쩍번쩍 빛을 발했다. 그것이 그의 세계의 전부였다. 그곳에는 거대하고 무표정한 침대가 있고 그 위에 팽개친 그의 윗도리는 기도하는, 목이 떨어진 남자 같았다. 그곳에 있는 화물은 언제라도, 그리고 어디로든 운반되어 기차에 실리고 다시 배에 실리기를 기다리는 것 같았다.

"……너무나 쇠약했어요. 너무나 허약해져서 손가락도 움직이지 못했어요."

하지만 그는 재니의 품속에서 죽은 것이다. 그녀 — 이제까지 절대로 — 긴 세월을 살아오는 동안 단 한 번도 — 단 한 번도 그런 일이 없었는데…….

아니, 그런 생각을 하면 안 된다. 그런 생각을 하면 미친다. 아니 그런 생각에 직면하고 싶지 않다. 그런 생각은 감당할 수 없다. 참기에 너무나 벅차다!

그런데 이제 재니가 그녀의 손가락으로 그의 넥타이를 만졌다. 그녀는 나비넥타이의 양끝을 함께 가지런히 만들었다.

"내 이야기 때문에 기분이 나빠진 건 아니겠지요? 존! 공연히 당신을 울적하게 하진 않았겠지요? 오늘 저녁 — 우리끼리만의 저녁 시간을 망치지는 않았겠지요?"

그러나 그 말에 그는 자신의 얼굴을 숨겨야 했다. 그는 그의 얼굴을 그녀의 가슴에 파묻고 양손으로 그녀를 포옹했다.

그들의 저녁을 망쳐놓았다! 둘만의 시간을 망쳐놓고 만 것이다! 그들은 이제 다시는 단둘이 될 수 없을 것이다.

첫 무도회

무도회가 정확히 언제 시작되었는지 릴라는 말하기 어려웠을 것이다. 아마 그녀의 첫 파트너, 진정한 의미의 파트너는 마차였을 것이다. 셰리던 가문의 딸들과 그들의 오빠와 함께 마차를 탔다는 것은 큰 문제가 아니다. 릴라는 구석에 있는 자신의 자리에 물러나 앉았다. 그녀가 손을 걸쳐놓은 쿠션은 어떤 모르는 젊은 남자의 야회복 소매처럼 느껴졌다. 그런데 마차는 덜커덕거리며 달리기 시작했다. 왈츠를 추는 가로등과 집과 담과 나무들을 지나치면서.

"릴라, 너 정말 전에 한 번도 무도회에 간 적이 없니? 참 이상하지 —."

셰리던 가문의 딸들이 큰 소리로 말했다.

"제일 가까운 이웃이 24킬로미터 떨어진 곳에 살아."

릴라는 작은 목소리로 말하며 부채를 살그머니 폈다가 접었다.

오, 다른 사람들처럼 태연한 태도를 유지하기란 어렵기 그지없구나! 그녀는 너무 자주 웃지 않으려고 애썼고 신경 쓰지 않으려고 애썼다. 그러나 모든 것이 새롭고 자극적이었다……. 메그의 월하향(月下香) 같은 머리, 조스의 길게 땋아 내린 호박색 머리, 눈을 뚫고 피어난 꽃 같은 하얀 모피 위로 솟아오른 로라의 작고 검은 머리……. 영원한 기억 속에 간직해야지……. 심지어 사촌 로리가 새 장갑의 고정 단추에서 떼낸 박지(薄紙)의 조각들을 던지는 것을 보았을 때 그녀의 가슴에 짜릿한 통증이 지나가는 것을 느꼈다. 그녀는 이러한 조각들을 추억으로, 기념물로서 보관해놓고 싶었다. 로리는 앞으로 몸을 굽혀 그의 손을 로라의 무릎 위에 놓았다.

"이것 봐. 항상 그랬지만 세 번째하고 아홉 번째는 나하고 추는 거야. 괜찮겠지?"

그가 말했다.

오! 오빠를 가졌다는 것은 얼마나 멋진 일인가! 릴라는 흥분해서 혹시 시간 여유만 있다면, 혹시 가능하다면, 나는 외딸이라는 것, 나에겐 "괜찮겠지?" 하고 말해주는 오빠가 없다고 말하며 울지 않을 수 없었을 것이다. 또한 그때 메그가 조스에게 말한 것처럼 "네 머리가 오늘 밤처럼 그렇게 멋지게 말려 올라간 것은 본 적이 없구나" 하고 말해줄 언니도 없다.

물론 지금 그런 시간 여유는 없다. 그들은 이미 회당 앞에 와 있었다. 그들 앞에도 뒤에도 마차가 줄을 이었다. 길 양편은 움직이는 부채꼴 모양의 등이 환하게 비추었고 포장도로 위에는 즐거운 쌍쌍들이 공기 속을 두둥실 떠가는 것 같았다. 작은 공단 구두들이 새처럼 서로를 추격했다.

"릴라, 나를 꼭 붙들어. 길을 잃을지 모르니까."

로라가 말했다.

"자, 모두들 서두르자!"

로리가 말했다.

릴라는 로라의 핑크색 벨벳 외투에다 두 손가락을 걸고, 무언가에 의해 몸이 들려지듯 큼직한 황금색 등을 지나서 복도를 통해 운반되고 거기에서 "숙녀들"이라는 표시판이 붙은 작은 방으로 밀쳐 넣어졌다. 이곳은 어찌나 혼잡한지 걸친 옷을 벗을 공간도 없었다. 소음 때문에 아무것도 들리지 않았다. 양쪽에 있는 두 벤치 위에는 목도리나 외투 같은 것이 높은 노적가리를 이루었다. 하얀 앞치마를 두른 늙은 부인 둘이 뛰어다니며 팔에 한아름씩 다시 가져와서 쌓아올렸다. 또한 모든 사람은 제일 안쪽에 있는 작은 화장대와 거울로 가려고 앞으로 앞으로 전진했다.

크고 흔들리는 가스등의 빛이 이 숙녀들의 방을 밝혔다. 그 빛 자체가 이제 더 기다릴 수 없어 이미 춤을 추었다. 또한 문이 열리고 회당 쪽에서 음악의 가락이 왈칵 터져 나오자 가스등의 빛은 천장까지 뛰어올랐다.

흑발, 금발의 소녀들이 머리를 매만지고 리본을 다시 달며 손수건을 보디스 속으로 집어넣고 대리석처럼 흰 장갑을 잡아당겼다. 누구나가 웃었기 때문에 모두가 다 아름답게 릴라의 눈에 비쳤다.

"사람에게 보이지 않는 머리핀은 없을까?"

어떤 목소리가 말했다.

"참 이상해! 보이지 않는 머리핀은 하나도 보이지 않는걸."

"미안하지만 내 등에다 가루장식 좀 뿌려주세요."

어떤 다른 사람이 외쳤다.

"바늘하고 실이 있어야겠는데. 단이 몇 킬로미터나 터졌으니 어떡하지."

또 다른 목소리가 울먹이며 말했다.

그러자 "이것을 돌리십시오. 이것을 돌리세요" 하는 소리. 프로

그램이 담긴 밀짚 바구니가 손에서 손으로 옮겨갔다. 귀엽고 작은, 분홍과 은색으로 된 프로그램에는 분홍색 연필과 털실 모양의 장식이 매달렸다. 바구니에서 한 장을 꺼낼 때 릴라의 손가락은 떨렸다. "나도 하나 가져야 하나요?" 하고 누군가에게 묻고 싶었다. 그러나 "왈츠 3, 둘이서 카누를 타고. 폴카 4, 깃털을 날리며" 하는 데까지 겨우 읽을 시간이 있었는데, 그때 메그가 "릴라, 준비됐니?" 하고 외쳤다. 그리하여 그들은 복도의 혼잡을 뚫고 회당의 거대한 이중문으로 나아갔다.

춤은 아직 시작되지 않았다. 그러나 밴드는 조율을 멈췄다. 그런데 어찌나 장내가 시끄러운지 밴드가 연주를 시작해도 도무지 들릴 성싶지 않았다. 릴라는 메그에게 붙어 서서 메그의 어깨너머를 바라볼 때 천장에 매달려 떨리는 작은 오색 깃발들까지도 잡담하는 것처럼 느꼈다. 그녀는 이제 수줍다는 감정을 잊었다. 집에서 옷을 입는 도중 침대에 걸터앉아 한쪽 구두는 신고 한쪽 구두는 벗은 채, 사촌들에게 지금이라도 전화해서 도저히 갈 수 없다고 전해달라고 어머니를 조르던 일도 잊었다. 쓸쓸한 오지에 있는 자기 집 테라스에 앉아서 달빛 속에서 "부엉 부엉, 더―포크를" 하고 울부짖는 새끼 올빼미의 소리나 듣고 싶다는 강한 열망이 이제 어찌나 강렬한 기쁨으로 변했는지 혼자서 그 기쁨을 감당할 수 없을 정도였다. 부채를 힘껏 쥐고 번쩍이는 황금빛 바닥과 진달래꽃과 조명등, 한쪽에 빨간 양탄자와 황금색 의자가 있는 무대와, 한쪽 구석에 진을 친밴드 등을 바라보면서 "아, 천국 같아! 천국 같아!" 하고 그녀는 숨을 죽이며 생각했다.

여자들은 모두 입구의 한쪽에 모였고 남자들은 반대편에 모였다. 검은 의상을 입은 후견인들은 좀 바보처럼 웃음지으며 조심스러운 발걸음을 좁은 폭으로 떼어놓으며 매끈매끈한 바닥을 지나 무대로 향했다.

"시골에 사는 우리 사촌 릴라야. 친절하게 대해줘. 파트너도 찾아주고. 내가 모든 것을 돌봐야 하는 처지야."

메그가 친구들에게 다가가며 말했다.

낯선 얼굴들이 릴라에게 웃음을 보냈다. 다정하고 멍청한 웃음이었다. 낯선 음성들이 "아무렴. 염려 마" 하고 대답했다. 그러나 릴라는 소녀들이 자신을 보지 않는다는 것을 알았다. 그들은 남자들 쪽을 바라보았다. 남자들은 왜 시작하지 않는 것일까? 무엇을 기다리는 것일까? 그들은 거기에 서서 장갑을 매만지고 윤기 나는 머리를 쓰다듬으며 저희끼리 웃음을 지었다. 그러다가 갑자기 그들이 해야 할 일은 바로 이것이라고 결심하기라도 한 듯 남자들이 조각 나무 세공이 된 마루 위를 미끄러져 왔다. 여자들 사이에서는 즐거워하는 동요가 일었다. 키가 큰 금발의 남자가 메그 앞으로 달려와서 메그의 프로그램을 잡더니 무언가 급히 적어 넣었다. 메그는 그를 릴라에게 넘겼다.

"자, 부탁해도 되겠습니까?"

그 남자는 고개를 끄덕이며 웃음을 지었다. 안경을 쓴 검은 얼굴의 남자가 왔고 다음으로 사촌 로리가 친구를 하나 데리고 왔다. 다음에는 로라가 나비넥타이를 삐딱하게 맨 왜소하고 주근깨가 있는 남자를 데리고 왔다. 다음에는 꽤 나이가 든 남자 — 머리가 상당히 벗겨지고 뚱뚱했다 — 가 그녀의 프로그램을 잡더니 "어디, 어디 좀 봅시다!" 하고 중얼거렸다. 그는 많은 사람의 이름이 까맣게 적힌

자기 프로그램과 릴라의 프로그램을 오랫동안 비교했다. 매우 대조하기가 힘든 모양이어서 릴라는 부끄러웠다.

"뭐 그리 신경 쓰지 마세요."

릴라는 진지하게 말했다. 그러나 그 뚱뚱한 남자는 대답하지는 않고 무엇인가를 적더니 그녀를 힐끗 바라보았다.

"이 밝고 귀여운 얼굴을 나는 기억할까?"

그는 낮은 목소리로 말했다.

"옛날에 내가 알던 얼굴일까?"

그 순간 밴드가 연주를 시작했다. 뚱뚱한 남자는 사라졌다. 그는 보이지 않았다. 빛나는 마루 위를 날아와서 인간의 무리를 짝으로 분리시키고 그들을 다시 흩어버리고 회전시키는 웅장한 음악의 물결에 밀려…….

릴라는 기술학교에서 춤을 배운 경험이 있었다. 토요일 오후마다 기숙사 생도들은 미스 에쿨즈라는 런던 출신의 여교사가 이른바 "특별 수업"을 개설하는 작은 홀, 물결 모양의 골이 팬 함석으로 지은 미션 홀로 달려갔다. 벽에는 캐리코 자수로 쓴 성구(聖句)가 걸렸고 토끼 귀를 한 갈색 벨벳 모자를 쓴 작은 부인이 겁먹은 표정으로 차가운 피아노를 치는 가운데 미스 에쿨즈 선생이 길고 하얀 막대기로 소녀들의 발을 지분거리던 그 먼지가 자욱했던 방과 이곳의 차이는 너무나 심했다. 그래서 혹시 파트너가 오지 않아서 저 멋있는 음악을 들으며 다른 사람들이 황금색 마루 위를 미끄러지며 움직이는 것을 보기만 해야 한다면 적어도 죽어버리든가 기절하든가 양팔을 들고 별이 보이는 창문 밖으로 날아 나가버리는 쪽이 더 낫겠다고 그녀는 생각했다.

"우리 차례가 왔지요?"

누군가가 상체를 굽히며 웃음을 짓고 팔을 내밀었다. 결국 죽어야 할 처지는 면했다. 누군가의 손이 그녀의 허리를 눌렀다. 그리하여 그녀는 연못으로 던져진 꽃 한 송이처럼 둥실둥실 떠갔다.

"아주 바닥이 좋습니다. 그렇지요?"

그녀의 귓전에서 희미한 목소리가 느릿느릿한 어조로 말했다.

"정말 잘 미끄러지네요."

릴라가 말했다.

"네? 뭐라고 하셨습니까?"

그 희미한 목소리가 놀란 어조로 물었다. 릴라는 다시 발음했다. 그러나 잠시 간격을 두고 "정말 그렇습니다!" 하고 그 목소리가 메아리를 일으켰다. 그리고 그녀의 몸이 빙글 돌았다.

그는 매우 능숙하게 리드했다. 소녀들끼리 추는 것과 남자들과 추는 것의 차이가 바로 이런 거구나 하고 그녀는 결론지었다. 여자들끼리 출 때에는 서로 부딪치고 서로 발을 밟고 남자 역을 하는 소녀는 너무 힘껏 붙잡았는데…….

진달래꽃들은 이미 따로따로 떨어진 개별적인 꽃이 아니었다. 꽃들은 분홍색과 백색의 깃발이 되어 물결치듯 흘렀다.

"지난 주 벨 씨의 무도회에 오셨댔습니까?"

그 목소리가 다시 말했다. 피곤한 목소리였다. 그래서 릴라는 춤을 멈추고 싶냐고 그에게 물어야 하지 않을까 생각했다.

"아뇨. 전 무도회는 오늘 밤이 평생 처음이에요."

그녀가 말했다.

그녀의 파트너는 약간 숨찬 듯한 웃음을 터뜨렸다.

"오! 정말입니까?"

그는 항의조로 말했다.

"네, 정말 오늘 밤이 처음 와본 무도회예요."

릴라는 힘을 주어 말했다. 누구와 이렇게 이야기는 나누는 것은 안도감을 안겨주었다.

"저는 나서부터 줄곧 시골에서 살았어요."

그때 음악이 멈췄다. 두 사람은 벽에 기대어놓은 의자에 가서 앉았다. 릴라는 분홍색 공단을 두른 발을 안으로 당기며 부채질을 시작하면서 다른 쌍들이 앞을 지나서 스윙도어를 통해 사라지는 모습을 즐거운 기분으로 바라보았다.

"재미있었니, 릴라?"

조스가 금발머리를 끄덕이며 물었다.

로라는 앞을 지나며 은근한 윙크를 보냈다. 그리하여 릴라는 자기도 이제 성인이 된 것이 아닌가 하는 생각을 해보았다. 확실히 그의 파트너는 말을 많이 하지 않았다. 그는 기침을 하고 손수건을 접기도 하고 조끼를 아래로 잡아당기기도 하고 소매에 붙었던 작은 실밥을 떼내기도 했다. 그러나 그런 것은 문제가 아니었다. 그러나 곧 밴드 음악이 다시 시작되었다. 그러자 그녀의 두 번째 파트너가 천장에서 뛰어내리듯 나타났다.

"바닥이 나쁘지 않군요."

새로운 목소리가 말했다. 누구든 바닥 이야기부터 시작하는 모양이지? 그리고 나더니 "화요일에 니브 씨의 무도회에도 오셨습니까?" 그래서 릴라는 다시 설명했다. 그녀의 파트너들이 그 이상의 관심을 표명하지 않은 것은 좀 이상했다. 사실 그녀에겐 전율을 안겨주는데……. 그녀의 첫 무도회인데……. 그녀는 모든 것의 출발점에 있는 것이다. 밤이 어떠한 것인지 이제까지 전혀 몰랐다는 생각이 들었다. 이제까지 밤이란 어두운 것이며 고요하고 자주 아름다운 적도 있는 것이었다 — 그러나 어쩐지 우울한 것이었다. 근엄했다. 그러나 이제 밤은 절대로 다시는 그런 것이 되지 않겠지 — 밤은 찬연하게 열린 것이다.

"아이스크림을 드시겠습니까?"

파트너가 말했다. 그리하여 그들은 스윙도어를 나가서 복도를 내려가 식당으로 들어갔다. 그녀의 양 볼은 불타올랐고 그녀는 몹시 목이 말랐다. 작은 유리 접시 위에서 아이스크림은 정말 맛있어 보였다. 서리가 앉은 스푼과 아이스크림 역시 얼마나 차가웠는지 모른다. 그리하여 그들이 홀로 돌아왔을 때 문가에서 그 뚱뚱한 남자가 릴라를 기다리고 있었다. 그 남자가 상당히 나이를 먹었음을 알았을 때 큰 충격이었다. 그는 아버지들이나 어머니들과 함께 무대 위에 앉아 있어야 할 사람이었다. 또한 릴라가 그 남자를 그녀와 춤을 춘 다른 파트너들과 비교해보니 초라하게 보였다. 그의 조끼에는 기름때가 묻었고 장갑에서는 단추가 하나 떨어져 나갔고 저고리에는 횟가루가 묻은 것 같았다.

"자, 오십시오, 아가씨."

뚱뚱한 남자가 말했다. 그는 거의 그녀를 잡으려고도 하지 않았다. 그리고 그들은 매우 서서히 움직였기 때문에 이건 춤이라기보다 그냥 걸어다니는 것 같았다. 그러나 이 남자는 마룻바닥에 대해서 한마디도 하지 않았다.

"무도회에 처음 왔군요?"

그가 중얼거렸다.

"어떻게 아세요?"

"아아—."

남자가 말했다.

"다 나이를 먹으면 알게 됩니다."

그는 어색한 어떤 쌍을 피해서 그녀를 리드하며 가는 속삭임 같은 소리로 말했다.

"난 이런 일을 30년 동안 해온 경험자랍니다."

"30년이라고요?"

릴라가 외쳤다. 그렇다면 그녀가 태어나기 12년 전부터다!

"생각하기만 해도 끔찍하지 않아요?"

뚱뚱한 남자는 우울하게 말했다. 릴라는 그의 벗겨진 머리를 보았다. 그러자 퍽 안됐다는 생각이 들었다.

"하지만 아직도 이러실 수 있다는 것은 아주 놀랍다는 생각이 들어요."

그녀가 친절하게 말했다.

"친절한 아가씨로군."

뚱뚱한 남자는 좀 더 가까이 그녀를 안았고 왈츠의 한 절을 콧노래로 불렀다.

"하지만 모든 것이 그렇게 오래도록 지속된다고 생각하면 그건 잘못입니다. 절대로 그렇지는 않아요."

뚱뚱한 남자는 말했다.

"그럴 수 있기 훨씬 전에 저 무대에 앉아 근엄한 검은 공단을 입고 바라보게 될 겁니다. 또한 이 아름다운 팔은 좀 짤막하고 살이

오른팔로 변할 것이고 지금의 그 부채와 다른 부채로 박자를 맞출 겁니다. 까만 뼈가 들어 있는 부채로 말입니다."

뚱뚱한 남자는 몸서리치듯이 몸을 떨었다.

"그리하여 저 위에 앉은 가엾은 늙은이들처럼 멀리서 웃음을 지으며 당신의 딸을 손으로 가리키며 바로 옆에 앉은 늙은 숙녀에게 어떤 지겹게 생긴 남자가 클럽의 무도회에서 자기 딸에게 키스하려고 하더라는 이야기나 하고 있을 겁니다. 그런데 가슴이 아프다고ー."

뚱뚱한 남자는 그 가엾은 마음을 동정하기라도 하듯 그녀를 전보다 더 가까이 안았다.

"이제 아무도 자기에겐 키스하려는 사람이 없어서 가슴이 아프다고 말할 겁니다. 이 매끈매끈한 바닥은 걷기에 불쾌하고 얼마나 위험하냐고 이야기할 겁니다. 춤이 재미있는 아가씨, 안 그래요?"

뚱뚱한 남자가 부드럽게 말했다.

릴라는 가볍게 웃음을 터뜨렸다. 그러나 전혀 웃고 싶은 기분이 아니었다. 그럴까? 그럴 수 있을까? 그 말은 정말인 것 같았다. 이 첫 무도회는 결국 그녀의 마지막 무도회의 시작에 불과한 것일까? 그때 음악이 바뀌는 것 같았다. 음악은 구성졌다. 슬펐다. 그것은 꺼지는 한숨을 타고 들려오는 음악 같았다. 오! 일이란 얼마나 빨리 변하는 것일까! 왜 행복은 영원히 지속되지 않는 것일까? 영원이란 지나치게 길지도 않은 것인데⋯⋯.

"전 쉬고 싶어요."

그녀는 숨찬 목소리로 말했다. 뚱뚱한 남자는 그녀를 문으로 안내했다.

"아니, 밖에 나가기 싫어요. 앉고 싶지도 않아요. 그냥 여기에 서 있겠어요. 고마웠습니다."

그녀는 벽에 몸을 뒤로 기댄 채 발로 바닥을 가볍게 구르고 장갑을 잡아 올리며 웃으려고 애썼다. 그러나 그녀의 마음속 깊은 곳에서 어린 소녀가 에이프런으로 머리를 감싸고 흐느꼈다. 왜 그 남자는 모든 것을 잡쳐놓았을까?

"저, 내 말을 진담으로 받아들이지 마십시오, 아가씨."

뚱뚱한 남자가 말했다.

"그럴 리가 있겠어요!"

그녀는 작고 검은 머리를 치켜들고 아랫입술을 긴장시키며 말했다.

다시 쌍쌍이 열을 지어 나왔다. 스윙도어가 열리고 닫혔다. 새로운 음악을 연주하겠다고 밴드 마스터가 발표했다. 그러나 릴라는 더는 춤추고 싶지 않았다. 그녀는 집에 가고 싶었다. 테라스에 앉아 새끼 부엉이의 울음소리에 귀를 기울이고 싶었다. 어두운 창문을 통해 별을 바라보니 별들은 날개처럼 긴 광선을 발했다……

그러나 이윽고 부드러운, 녹아내리는 것 같은 황홀한 선율이 시작되었다. 그러자 머리가 곱슬거리는 젊은 남자가 그녀 앞에서 고개를 숙여 인사를 했다. 메그의 모습을 발견할 때까지 예의상 춤을 추지 않으면 안 되겠군……. 그녀는 굳은 자세로 중앙으로 걸어 나갔다. 그녀는 아주 오만하게 손을 남자의 소매 위에 얹었다. 그러나 잠시 후, 한 번 회전하자 그녀의 발은 부드럽게, 부드럽게 미끄러졌다. 등, 진달래꽃, 의상들, 분홍색 얼굴들, 벨벳으로 썩운 의자들, 이 모든 것이 하나의 아름다운, 날아가는 바퀴가 되었다. 그리하여

현재의 파트너가 그녀와 먼젓번 뚱뚱한 파트너가 부딪치도록 리드
했을 때 그는 뚱뚱한 남자에게 "실례했습니다" 하고 말했다. 그때
릴라는 이전보다 더 밝은 웃음을 그 남자에게 보냈다. 이제 그녀는
그 남자를 다시 봐도 알아보지 못할 것이다.

작품 해설

    캐서린 맨스필드(Katherine Mansfield)는 1888년 뉴질랜드의 웰링턴 시에서 사업을 하는 실업가의 차녀로 태어났다. 소녀 시절부터 예술을 동경하여 런던에 유학했다. 퀸즈 칼리지에서 공부를 마치고 음악가와 결혼 생활에 돌입했지만 그 결혼 생활은 길게 지속되지 못하고 불행하게 끝났다. 1912년경에는 당시 옥스퍼드를 갓 졸업하고 문예 비평가로 활약하던 존 미들턴 머리(John Middleton Murry)를 만나 열렬한 사랑에 빠졌으나 그녀의 전 남편이 좀처럼 이혼에 동의하지 않았기 때문에 그들이 법률적인 부부가 된 것은 1918년에 이르러서였다.

    맨스필드가 자신의 재능을 발견하고 현재의 우리가 그녀의 작품에 접할 수 있게 된 것은 전적으로 머리의 아름다운 애정과 비할 데 없이 깊은 이해의 덕분이다. 그녀는 머리의 격려를 받아 그가 편집장으로 일하던 《리듬》이나 《아시니엄》에 단편과 비평뿐 아니라 감상문을 기고하기 시작했다. 또한 머리의 주위에 몰려드는 젊은 작가들과도 친해질 수 있었다. 그중에는 D. H. 로렌스, 올더스 헉슬리, 그밖에 버지니아 울프 등 20세기 영국 문학에 크나큰 발자국을 남긴 사람들이 있었다. 그런 까닭으로 해서 맨스필드의 걸작 속에는 1차 세계대전 후의 새로운 문학적 분위기가 농도 짙게 반영되어 있다.

그러나 그녀의 작가 수업은 체호프에게서 비롯되었다는 것이 그녀의 일기나 서한문에서 확실히 드러난다. 그뿐 아니라 체호프의 〈졸린 여자〉를 완전히 모방한 〈피곤한 여자〉라는 작품이 그녀의 처녀 단편집 《독일 하숙에서(In a German Pension)》(1911)에서 발견된다. 이런 일로 해서 맨스필드를 완전히 무시하려는 비평가도 나왔지만 그런 것은 습작 시대에 흔히 있는 사례로서 이건 비단 맨스필드에게만 국한되는 사실은 아닐 것이다. 그러므로 후에 발표한 맨스필드의 빛나는 걸작을 부정하는 것은 너무나 부당한 태도다.

사실 처녀작 《독일 하숙에서》 정도의 수준에 머물렀다면 맨스필드는 평범한 작가로 끝났을 것이다. 그러나 두 번째 작품 《환희(Bliss)》(1920)에 이르러서는 기법이 전혀 새로워지고 그녀의 개성이 빛나기 시작했다. 다시 《가든 파티》(1922)에 와서는 이제 소설 기법의 완벽에 도달했다고 해도 과언이 아니다. 사실 그녀의 모든 작품을 통틀어 보아도 《가든 파티》에 수록된 것들이 가장 탁월하다고 단정지을 수밖에 없다. 그 외에 중요한 작품으로는 그녀가 죽은 후에 출간된 《비둘기 둥지(The Dove's Nest)》(1923)가 있다.

이러한 소설집 이외에도 스티븐슨풍의 아름다운 서정시를 묶은 《시집》(1923)과 그 외에 《일기》(1927), 《서간집》(1928)이 있고, 《아시니엄》에 기고했던 비평을 모은 《소설과 소설가》(1930)가 있어서 맨스필드를 이해하는 데 훌륭한 자료를 제공한다. 이것들 모두는 머리의 헌신적 노력에 의해 정리, 편찬된 것이다.

또한 세월이 지나서 1951년에는 맨스필드가 미들턴 머리에게 보낸 사랑의 편지와 그때까지 공개되지 않았던 것을 덧붙여《미들턴 머리에게 보낸 캐서린 맨스필드의 편지 1913~1922》라는 책자가 출간되었다. 이것에 의하여 그녀의 성격과 내적 생활이 한층 명확히 부각되었다. 맨스필드의 편지는 여러 가지 의미에서 극히 흥미롭다.

맨스필드는 감수성이 섬세하고 풍부한 상상력의 소유자였으며, 일면 기분파적인 기질과 멋대로 행동하려는 성향이 강했다. 거의 병적이라고 할 정도였는데, 이것은 만년에 올수록 더욱 심했다. 원래 체질이 병약한 그녀는《독일 하숙에서》에도 요양 생활을 해온 자신의 경험을 쓴 것이 있듯이 류머티즘, 늑막염, 폐결핵 등 여러 가지 합병증으로 평생을 병고에 시달렸다. 그녀가 프랑스에서 많은 시간을 보낸 것도 이처럼 타고나지 못한 건강을 어떻게든지 유지하기 위해서였다. 그러한 질병이 그녀의 정신을 끊임없이 좀먹어든 것은 사실이다. 그러나 그녀는 자신의 독창적 창작 작업에 침식되어가는 육체를 걸었다는 것이 좀 더 타당한 표현일지 모르며 더 중요한 의미를 우리에게 가르쳐주는 것이리라.《가든 파티》가 출간되고 나서 그녀의 작가로서의 위치는 요지부동한 것이 되었지만 그때부터 병세가 급격히 악화되어 다음해, 1923년 1월 9일 파리의 교외에서 34세를 일기로 요절했다.

캐서린 맨스필드 하면 무엇보다도 그녀의 예민한 감수성이 떠오른다. 감수성에다가 자연과 인간에 대한 예리한 통찰, 게다가 밝고 싱싱한 시정(詩情)이 연상된다. 1차 세계대전 이후 새로운 기운을 태동하던 영국 소설은 조이스, 로렌스, 헉슬리, 또는 울프와 리처드

슨 등에서 나타나듯이 각기 차이는 있었지만 대체로 심리주의적 경향이 짙었다. 맨스필드는 이러한 추세를 일찌감치 예지하고 그것을 그녀다운 수법으로 소화하여 활용하기 시작했던 작가다. 그러나 맨스필드는 조이스나 울프처럼 단지 심리 분석만을 중심 테마로 잡는 데 그치지 않았다. 인간을 심리적으로 해석하는 점에서는 조이스나 울프와 다를 바 없지만 단지 심리만을 떼어내려는 노력은 하지 않았다. 맨스필드는 단편 소설의 새로운 형(型)을 추구하는 노력 이외에도 심리의 중요성을 단편 소설에 적용하고 그것을 요리했다. 다시 말해서 단편에 나타나는 인생과 인간 관계를 투시하려 할 때 거기에 "심리"라는 추를 박았던 것이다. 단편에 가늘고 깊은 구멍을 파 들어간 것이다. 이러한 "심리"의 구멍은 대체로 암시적이고 상징적이며 때로는 신비하게까지 보인다. 독자는 맨스필드의 소설을 읽을 때 묘사에서 갑자기 비약하여 독백이 시작되는 것을 발견하고 깜짝 놀라게 된다. 그것이 또 하나의 경이다.

맨스필드의 기교는 바로 그러한 것에서 온다. 극히 미세한 사건이나 극히 일상적인 현상이 그녀의 세계에서는 불가사의한 색채와 광채를 발하게 되는 것도 바로 그런 때문이다.

이 작가의 독특한 면을 한 가지 더 지적하자면 그 문체다. 그녀의 정교하고 미묘한 문체는 일종의 인상주의라고 일컬을 수 있으며 그 자체가 청순한 운율을 지녔다. 버지니아 울프와 마찬가지인 이 문체는 1910년대 영미 시인들이 일으킨 신시 운동의 이미지즘(심상주의)에 의해 영향을 받은 것으로 여겨진다. 그야말로 명확한 심상을 포착한 시적 산문체인 것이다. 산문에 이러한 시적 요소를 도입한다는 것은 커다란 모험이며 자칫하다가는 지리멸렬한 혼미에

빠지기 쉽지만 맨스필드는 그것을 정착시키는 데 성공했다. 그녀의 문장이 오늘날의 독자에게도 참신한 영속성을 지니고 무궁무진한 매력을 느끼게 하는 것은 그것이 기교에 흐르지 않고 작가의 성실성과 일치하고 완벽을 기하는 작가 정신과 혼연일체가 되었기 때문이다.

가령 어린애를 다루는 장면 같은 데서 맨스필드와 공감을 느끼는 것은 그녀가 진실로 순수하고 아름다운 정신의 소유자였기 때문이리라. 그녀는 지적인 여성이 아니라 어디까지나 소녀티를 벗지 못했다고 혹평하는 비평가도 있겠지만 그것은 지나치게 극단적인 시각이다. 맨스필드는 확실히 근대 여성으로서 격렬한 자아 의식과 싸운 여자라고 생각하는 쪽이 더욱 타당할 것이다. 인생의 여러 가지 고난을 겪어오면서 자신의 정신을 깨끗이 정화하고 밝게 닦아서 탁마한 작가라고 단정한 머리의 사려 깊은 말은 공감을 얻기에 충분하다. 그렇지 않다면 밝게 빛나는 그녀의 작품 속에 이따금 그늘이 뒤덮이고 풍자와 애수가 느껴지는 경우를 어떻게 해석할 것인가? 맨스필드의 작품은 단지 달콤하고 아름다운 이슬과 같은 것만은 아니다. 탁월한 예술가의 기질에 반드시 수반되는 "악마적" 요소가 그녀의 의식 속에서도 활동했다.

그러나 맨스필드는 결코 거물 작가는 아니다. "폭이라는 면에서 캐서린 맨스필드는 극히 작은 예술가였다. 그러나 그녀는 순수한 예술가였다. 그 때문에 그녀는 거대한 예술가였다. 예술의 영역에서는 작은 것도 큰 것과 마찬가지이며 큰 것이라고 해서 그 이상으로 커지는 것은 아니기 때문이다" 하고 머리는 말한다. 맨스필드는 작은 규모의 작가로 끝났다. 그러나 이처럼 깊은 인상을 남기는 작가는 극히 드물 것이다. 맨스필드는 영문학사에서 극히 독특한 위치를 점하는 작가다. 아마 20세기 단편 작가로서는 세계에서 몇 안 되는 작가에 속할 것이다. 그녀는 영국과 미국에서뿐 아니라 일찍부터 프랑스에서 높이 평가되었다.

이 책에 소개한 단편들은 맨스필드가 풍부하고 뱀처럼 예리한 감수성을 훌륭한 기법으로 묘사했다고 평가되는 단편들이다.

〈바다 여행〉은 그녀가 어렸을 때의 기억이 생생하게 묘사된 작품이라고 말할 수 있다. 〈피서지에서〉 역시 고향 뉴질랜드에 대한 기억이 엿보이며 밝은 생활이 유쾌하게 전개된다. 예컨대 〈바다 여행〉에 나오는 할아버지라는 인물은 그녀의 친할아버지 아서 비첨을 그린 것이다. 그녀의 할아버지는 오스트레일리아 개척민 중에서 중요한 인물이었다고 전한다. 이 두 작품은 어느 의미에서 공통점을 가지고 있다. 즉 인생의 출발점에 선 소녀의 민감하고 회의적인 심리의 그림자가 놀라울 정도로 미묘하게 포착되어 묘사되어 있다. 〈피서지에서〉는 밝은 광선 속에 빛나고 〈바다 여행〉은 어두운 슬픔의 그늘에서 빛을 발한다.

〈가든 파티〉와 〈피서지에서〉, 그리고 《비둘기 집》에 수록된 〈인형의 집〉은 맨스필드의 대표작이라고 말할 수 있는 것으로서 그녀의 작품 중에서는 비교적 긴 편이다. 화려하고 즐거운 가든 파티를 통해서 감수성이 예민한 소녀의 마음속에 투영되는 한 가닥 어두운 그림자, 그것은 인생에 대한 최초의 눈뜸이다. 마지막에 "인생이란—"이라는 새로운 출발은 맨스필드의 다른 작품으로 연결되어 확대된다. 〈파커 아주머니의 인생〉 속에 흐르는 애수와 고독감은 그것을 심화시킨 〈이상적인 가정〉에서 등장하는 노경에 접어든 실업가의 비애와 환멸로 연결된다.

〈낯선 사람〉도 잘 쓴 작품으로 일종의 아이러니가 들었다. 인생의 비극이라는 것은 우리가 전혀 모르는 장소에서 일어나서 영원히 지울 수 없는 상흔을 마음에 남기는 법이다. 이 작품의 선량한 주인공 해먼드 씨가 결국 느끼게 되는 허무와 절망의 강도를 전달하기 위해 맨스필드는 치밀하게 분위기를 무르익힌다. 극히 탁월한 작품으로 평가받아 마땅하다. 아이러니라고 했는데, 맨스필드는 이따금 짓궂게 인간의 생활을 관망할 때가 있다. 〈비둘기 씨와 비둘기 부인〉이 바로 그런 것이다. 이러한 풍자적 · 야유적 색채는 〈신식 결혼〉〈대령의 딸들〉〈음악 수업〉 등에서 서로 상통된다.

〈피서지에서〉는 그녀의 작품 중에서 가장 긴 작품이며 동시에 가장 면밀 주도한 기법으로 쓰인 단편이다. 이것은 뉴질랜드의 어느 피서지를 무대로 하고, 그곳의 새벽이 밝는 시각에서부터 밤이 되어 어두워진 시간까지를 12개로 구분하여 묘사한 작품이다. 등장하는 인물과 배경에다 정연한 통일성을 부여하려고 시도한 작품으로서 극적이라기보다 오히려 영화적이며 스케치풍으로 묘사된 각 장면은 컷백이나 플래시백이라는 영화적 수법으로 연결된다. 이사벨, 케지어, 로티 세 자매의 귀여운 모습과 남자아이들이 합세한 세탁실에서의 카드놀이 장면은 한 번 읽으면 도저히 잊을 수 없는 압권이다. 그러한 순진하고 밝은 어린이들의 세계와는 대조적으로 어둡고 음침하게 복잡한 어른의 세계가 명확히 부각되어 있다. 작품의 서두에 묘사되었듯이 그러한 인간 관계는 더 크고 깊은 자연 속에 포용되어 있다. 전편에 넘치는 맨스필드의 아름다운 시정이 이 작품을 불후의 명작으로 만든다.

이 책의 번역은 펭귄판을 원본으로 삼았다. 작품의 배열은 원서에 따르지 않고 독자의 흥미를 고려해서 재배열했다는 것을 밝혀둔다.

끝으로 역자는 이러한 작품이 아직도 우리 나라에 소개되지 않았다는 것에 새삼 놀랐다는 것과 때늦게나마 영원히 남을 작품의 번역을 미흡한 필자에게 의뢰해준 문예출판사 측에 감사의 인사를 곁들인다.

옮긴이

옮긴이 **이덕형**

서울대학교 사범대학 영어교육과와 동 대학원을 졸업하고
이화여고, 동성고등학교, 서울사대 부속고등학교 교사를 역임한 후,
서울대학교 강사와 연세대학교 교수를 지냈다.
편저로《한 권으로 읽는 세계문학 60선》이 있고,
역서로《월든》(소로),《가시나무새》(콜린 맥컬로),《호밀밭의 파수꾼》(J. D. 샐린저),
《페이터의 산문》,《르네상스》(월터 페이터),
《센토》,《돌아온 토끼》(존 업다이크),
《파리대왕》(윌리엄 골딩),《프랑스 중위의 여자》(존 파울스),
《20세기 아이의 고백》(토마스 로저스),
《고라이의 악마》(아이작 싱어),《천형》(그레엄 그린),
《시를 어떻게 읽을 것인가》(에즈라 파운드) 등 다수가 있다.

가든 파티

1판 1쇄 발행 1983년 5월 30일
3판 1쇄 발행 2024년 12월 16일

지은이 캐서린 맨스필드 | 옮긴이 이덕형
펴낸곳 (주)문예출판사 | 펴낸이 전준배
출판등록 2004. 02. 11. 제 2013-000357호 (1966. 12. 2. 제 1-134호)
주소 04001 서울특별시 마포구 월드컵북로 21
전화 02-393-5681 | 팩스 02-393-5685
홈페이지 www.moonye.com | 블로그 blog.naver.com/imoonye
페이스북 www.facebook.com/moonyepublishing | 이메일 info@moonye.com

ISBN 978-89-310-2417-3 04800
ISBN 978-89-310-2365-7 (세트)

• 잘못 만든 책은 구입하신 서점에서 바꿔드립니다.

문예출판사® 상표등록 제 40-0833187호, 제 41-0200044호

■ 문예세계문학선

(뒷면 계속)